마음이 들리는 동물병원

마음이 들리는 동물병원

타케무라 유키 지음 | **현승희** 옮김

SAKURAI ANIMAL HOSPITAL

목차

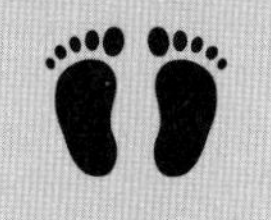

프롤로그

✚

아빠는 아키가 열 살 때 돌아가셨다.

사인은 교통사고.

사랑하는 아빠와의 갑작스러운 이별을 받아들이기에 아키는 아직 너무 어렸다. 마음을 꼭꼭 닫은 채 학교에도 가지 않았고 누구와도 대화하지 않으며 한 달을 보냈다.

그때 일어난 어떤 신기한 사건이 아키를 늪에서 건져주었다.

그리고 그 사건은 아키의 인생을 결정짓는 크나큰 계기가 되었다.

괴짜.

수의사를 지망하던 대학생 시절 아키에게 붙은 별명이다.

그러나 그 별명에 조롱이나 비웃음 같은 부정적인 의미는 없었다. 오히려 아키는 주변 사람들이 인정할 만큼 공부에 열심이었다.

괴짜가 된 이유는 도를 넘는 열정 때문이였다.

동물을 너무나도 좋아하는 아키는 대학에서 기르는 동물들에게 각별한 애정을 쏟았다.

건강이 좋지 못한 동물은 투철하게 보살핀다는 게 아키의 신조였다. 소가 출산 징후를 보이면 일주일 전부터 외양간에서 먹고 잤다. 아침에 닭장과 토끼장에서 발견되는 일이 흔할 정도였다.

모든 동물들은 그런 아키를 이상하리만치 따랐다. 마치 아키와 의사소통이 완벽하게 되는 것처럼 보일 정도로 아키의 말을 잘 들었다.

아키가 어려워했던 부분은 도리어 사람들과의 의사소통이었다.

타인과 눈이 마주치면 바로 동공이 흔들리며 당황하다가 결국은 도망치기 일쑤였다.

입학 초에는 남학생들이 작은 체구에 수수하고 동안인 아키에게 말을 건네보기도 했지만, 대화가 제대로 되지 않아 아키는 금세 아웃사이더가 되고 말았다.

그래서 주변 사람들은 아키가 장차 사람과 어울릴 일이 별로 없는 학자의 길을 걸을 줄 알았다. 그러나.

“아, 안녕, 하세요…! 오늘은, 무슨, 일로…?”

아키는 동물병원의 수의사가 되는 길을 택했다.

할아버지가 원장으로 일했던 ‘사쿠라이 동물병원’에서, 할아버지의 은퇴와 함께 그 뒤를 잇기로 했다.

도쿄도 무사시노시 기치죠지.

역에서 내려 모나카와 멘치카츠로 유명한 선로드 상점가를 지나쳐, 역 앞 도로를 따라 서쪽으로 가다 보면 나카미치 거리에 도착한다.

나카미치 거리 상점가는 오래된 찻집과 전문점은 물론, 세련된 카페와 미용실도 있어 항상 붐비는 곳이다.

상점가에서 나와 분수가 있는 중앙공원을 지나 5분 정도 더 걸으면 개와 고양이가 큼지막하게 그려진 분홍색 간판이 보인다.

‘사쿠라이 동물병원’

그곳이 사쿠라이 아키가 수의사로 일하는 작은 병원이다.

수의사였던 할아버지의 뒤를 이어 아키가 병원을 물려받은

지 일 년. 아키는 아직 햇병아리 수의사였지만 사쿠라이 동물병원에는 매일같이 환자가 찾아왔다.

할아버지 대부터 손님이었던 사람들이 여전히 찾아오는 게 가장 큰 이유이긴 했지만, 그게 전부는 아니었다.

동물의 보호자들로서는 수의사와 인간 대 인간으로 소통하기 어렵다는 단점이 있는데도 이 병원이 인기를 얻는 까닭은 정확한 진단에 있었다.

내원하는 손님들은 아키를 절대적으로 신뢰했고, 금세 근방에서는 '동물과 말을 할 수 있는 선생님'이라는 소문까지 났다.

아키의 진료에는 다른 동물병원에서는 보기 드문 특징이 있었다.

건강검진을 제외하고는 진찰에서 처치에 이르기까지 모든 과정에서 보호자의 동행을 금지했다.

가벼운 문진이 끝난 다음 간호사인 나카무라 유키가 "그럼, 대기실에서 기다려주세요."라고 담담하게 말하면, 처음 온 보호자는 대부분 놀라고 망설이면서 '날뛸지도 몰라요.', '옆에 있어 주고 싶은데요.', '불안한데.' 등등의 이유를 대며 거부하려 한다. 하지만 동행 금지는 사쿠라이 동물병원에서 진료를 받기 위한 절대조건이다.

그것을 이해하지 못하고 그 자리에서 돌아가는 보호자도

간혹 있었다. 하지만 대부분은 그 조건을 받아들이고 아키에게 반려동물을 맡긴다. 동물들이 아키를 놀랄 만큼 잘 따르기 때문이었다. 어떤 종류, 어떤 성격의 동물이건 한결같이 말이다.

개는 아키의 얼굴을 본 순간 마치 사랑의 묘약이라도 마신 듯 배를 보이고, 고양이는 코를 비벼댔으며, 토끼는 무릎 위에서 잠에 빠져들었다. 새와 파충류에 이르기까지 모두 아키에게 빠져 버렸다.

이것이 바로 '동물과 말할 수 있는 선생님'이라고 불리며 환자가 끊이지 않는 이유였다.

물론, 진짜 동물의 목소리를 듣나? 하고 의심하는 사람은 아무도 없었다.

"아, 저기…. 양파가 들어있던 게 아닐까, 싶은데. 그, 어묵에."

그날 아키는 구토가 멎지 않는 새끼 고양이를 데리고 치료실에 들어가 있었다. 새끼 고양이는 배가 아픈 듯 몸을 들썩이며 옅은 호흡을 반복했다.

아키가 그런 고양이를 치료대에 올려놓고 십여 초 동안 물끄러미 바라보다가 내뱉은 중얼거림은 결코 혼잣말이 아니었다.

"양, 파?"

"응, 양파는 먹으면, 안 돼."

"하지만, 아빠가."

"밤에 몰래 줬어? 하지만 그건 중독돼. 이번엔 가벼운 증상으로 끝나서 다행이지만, 심한 증상으로 번질 수도 있어…."

아키는 눈을 마주하고 집중하면 이렇게 동물과 이야기를 나눌 수 있었다.

어렸을 때 어떤 일을 계기로 생긴 이 능력이 매년 발전해서, 지금은 동물들의 머릿속 이미지를 읽어낼 수 있는 경지에 이르렀다.

새끼 고양이의 머릿속에 '쉿'하는 동작을 취한 채 행복한 듯 어묵을 잘라 주는 남자의 모습이 보였다.

"…하지만, 아빠가…."

"거절하기… 힘들겠구나. 이해는, 가지만…. 그럼, 사람 먹는 걸 주지 말라고 내가 말해 둘게. 알았지?"

동물의 목소리는 당연히 아키에게만 들린다. 옆에서 보면 정신나간 사람의 혼잣말이다. 이것이 바로 보호자의 진료실 출입을 금지하는 가장 큰 이유였다.

"그럼 오늘은 수액 맞고, 상태를 좀, 보자. 보호자랑, 상의하고 올게."

"수, 액…?"

"…괜찮, 아. 금방 끝나, 니까."

하지만 이런 진료에는 단점도 있었다.

말이 통하기 때문에 동물들은 당연히 치료에 대해, 즉 자기 몸에 대체 무슨 짓을 하는 것인지를 알고 싶어 한다. 소통이 되는 이상 설명 없이 마음대로 치료를 진행할 수가 없었다. 하지만 동물은 사람처럼 의학적 치료에 대한 이해가 거의 없으니, 특히나 주사를 놓을 때 애를 먹는다.

아키가 수액 준비를 하자 추욱 늘어져 있던 새끼 고양이는 갑자기 벌떡 일어나 온몸의 털을 곤두세웠다.

"그게 뭐야?"

"어… 이걸로, 몸에 직접, 약을 넣는 거야."

"그걸로… 찌르는 거야?"

"…살짝만."

그 순간 대부분의 동물은 마치 야생으로 돌아간 것처럼 날뛰기 시작하고, 아키의 팔에는 긁힌 상처가 늘어갔다.

이것이 사쿠라이 동물병원의 일상이었다.

"또 상처가 늘어났군요."

"미안해, 유키. 소독 좀, 해줘…."

"거기 앉으세요."

사쿠라이 동물병원의 진료시간은 아침 열 시부터 오후 한 시, 점심시간 이후 진료는 오후 세 시부터 여섯 시까지다. 단 둘이서 운영하는 만큼 진료시간이 짧고 주말과 빨간 날은 휴진이다. 참고로 아키의 집은 병원 2층에 있어 긴급환자가 오면 빠르게 대처할 수 있다.

한바탕 진료를 끝낸 오후 한 시 반, 아키는 진찰실 의자에 앉아 크게 한숨을 내쉬었다.

"오늘도, 주사… 힘들었어."

"왜 그렇게 주사 놓는 기술이 부족하세요?"

"…."

기술이 모자라서가 아니라고 변명하고 싶다. 하지만 '설명했더니 날뛰더라.'라고 곧이곧대로 말할 수는 없다. 때문에 아키는 늘 유키의 신랄한 핀잔을 듣고만 있을 수밖에 없었다.

그러나 유키는 '치료에 조수는 필요 없다'는 아키의 황당한 방침도 이해해 주었다. 그 이유를 물어보지조차 않는 완벽한 무관심이 무척 고마웠다.

나카무라 유키라는 사람은 오히려 아키 쪽에서 의문을 품을 만큼 다양한 면에서 특이했다. 일단 외모가 만들어낸 조각처럼 아름다웠다. 남자인 게 아까우리만큼 긴 눈썹에 도자기 같은 피부, 가늘고 날씬한 체형에 팔다리도 길쭉했다.

나이는 스물아홉으로 아키보다 세 살 위였지만 누구에게나, 심지어 동물에게도 존댓말을 썼다. 희노애락을 거의 얼굴에 드러내지 않았고 말투는 기계처럼 담담했다.

가끔은 혹시 로봇이 아닌가 하는 의심마저 들기도 했지만 딱 하나, 아키 못지않게 동물을 좋아한다는 점에서 인간미가 느껴졌다.

일반 가정집에서는 키울 수 없을 듯한 다양한 종류의 동물을 아주 많이 키운다고 했고, 매일 몇 마리를 데리고 출근했다.

오늘은 인도별거북이인 '치요'를 데려왔다. 치요는 등에 리본으로 만든 장식을 달고 자주 같이 출근했는데, 유키가 앉으면 느릿느릿 걸어와 발밑에 웅크리고 앉아 발 받침이 되어준다. 치요 왈, 유키의 발 무게를 느끼면 기분이 좋단다.

아무튼 유키의 관심은 오롯이 동물에게만 집중돼 있다. 그렇기에 고용주인 아키가 아무리 수상한 진료 방침을 내세워도 관심이 없었다.

유키는 아키의 할아버지가 원장으로 계시던 때부터 동물간호사로 일했기 때문에 아키와 오래 알고 지낸 사이다. 그리고 대인 관계를 어려워하는 아키가 처음부터 마음을 허락한 유일한 사람이다.

"저기, 유키…. 치요가 발밑에서 당근을 박살내고 있는, 데…. 엄청 단단해 보이는, 당근을…."

"네. 사실은 제가 양배추를 좋아하는데 어제 양배추 롤을 마흔 개나 만들어 버리는 바람에 오늘 치요한테 줄 몫이 안 남아서 당근만 가져왔거든요. 그래서 치요가 좀 화가 났어요.

아키 선생님, 손가락 조심하세요."

"……."

아키는 손가락을 재빨리 감췄다.

왜 양배추 롤을 마흔 개나 만들었는지, 유키가 한 말에 의문을 갖기 시작하면 한이 없다. 하지만 아키는 유키와 나누는 이런 이상한 대화가 좋았기 때문에 딱히 캐묻지 않았다.

아무튼 이 사쿠라이 동물병원은 의사부터 진료방법, 동물간호사와 병원 내 환경에 이르기까지 일반적인 병원과는 아주 많이 달랐다.

당연히 트러블도 적지 않았다.

"저기… 아까 전화 드린, 야스다인데요…."

어느 날, 오전 진료가 끝나기 한 시간 전. 머뭇거리며 접수대를 찾아온 사람은 푸른 빛이 도는 아름다운 회색 털을 가진 토이 푸들을 안고 있는 소녀였다. 열여섯에서 열일곱쯤 되어 보였고, 이름은 야스다 리카였다.

접수대에 서 있던 유키는 푸들의 털 색을 보고 눈빛이 반짝였다.

"무척 보기 드문 털 색을 가진 토이 푸들이네요. 아, 토이 푸들의 털 색은 국내 견종 인증을 실시 중인 일본애견협회에서 열네 가지 색이 인증되어 있는데요, 개중에서도 실버나 그레이 등 차가운 느낌의 색은 비교적 적은 편이랍니다. 반대로 크림, 살구, 브라운 등의 따뜻한 색은 많고요. 저희 병원을 찾아주시는 토이 푸들 손님들도 따뜻한 계열의 털 색을 가진 친구들이 많습니다."

쉬지 않고 이야기하는 유키의 모습에 리카는 당황한 듯했다. 유키는 잠시 지켜보다가 꾸벅 고개를 숙였다.

"실례했습니다. 제가 흥분한 나머지 그만…. 야스다 님은 저희 병원이 처음이시지요? 문진표를 작성해 주시겠습니까?"

파일에 끼운 문진표를 건네자 리카는 그 자리에서 펜을 놀렸다.

토이 푸들의 이름란에는 '아미'라고 적었다.

"귀여운 이름이네요. 토이 푸들은 몸집이 작고 꼬불꼬불한 털에 사랑스러운 눈동자를 가진 깜찍한 외모 덕분에 과자 이름을 붙이는 경우가 많은데, 털 색과 마찬가지로 이름도 독특하군요."

"어… 저기."

다시 담담하게, 마치 기계처럼 내뱉기 시작한 유키에게 리카는 머뭇거리면서도 고개를 끄덕였다. 그러나—.

"꺄악…."

그 순간, 리카는 조그맣게 비명을 질렀다.

놀란 아키가 진찰실에서 고개를 내밀었다. 리카의 시선 끝에는 카운터 발밑에서 빼꼼히 얼굴을 내밀고 있는 토끼가 있었다. 유키가 데려온 네덜란드 드워프 '마리모'다.

목줄을 차고 있어 카운터 밖으로 나가지는 못했지만, 방문객이 올 때마다 사람을 좋아하는 마리모는 이런 식으로 얼굴을 내밀어 상황을 엿보곤 했다.

"다른 동물들은 싫어하시나요?"

"…아, 아뇨. 죄, 죄송해요…."

유키의 물음에 리카는 긴장한 표정으로 고개를 숙였다.

기본적으로 방문객 중에는 동물을 좋아하는 사람이 많고, 특히 마리모 같은 토끼는 대부분 반가워했다. 그래도 대기실에 토끼를 두는 동물병원은 거의 없을 것이다.

리카는 조금 불편한 듯 아미를 끌어안은 팔에 힘을 주었다.

"그럼 야스다 님이랑 아미, 진찰실에 들어가세요."

유키의 안내에 리카는 몹시 경계하며 접수대 옆을 빠르게 지나 진찰실로 들어갔다.

"아, 안녕하세요. 처음 뵙, 겠, 습니다."

"…네."

진찰실 안에선, 아키가 조금 경직된 미소를 보이며 의자를 권하고 있었다.

아키는 여전히 보호자들 앞에서 심하게 더듬거렸지만, 이것도 꽤 나아진 축에 속했다. 할아버지 밑에서 조수로 일하기 시작했을 때는 도저히 못 봐 줄 꼴이었다. 지금도 할아버지는 그 이야기만 하면 웃으신다.

"아미, 군요. 오늘은 무슨 일로?"

"어쩐지… 식욕이, 없어서…."

"아, 가엾게도."

아키는 진료 카드를 술술 쓴 다음, 아미의 몸을 살짝 만져 보았다. 그러자 아미는 좋다는 듯 아키의 손을 핥았다.

"…괴, 굉장하시네요. 선생님…. 얘가 사람을 그리 잘 따르는 애가 아닌데…."

"아, 아마 그게, 사람을 잘 안 따르는 게 아니라, 소형견 중에서는, 겁이 많은 친구가, 많아요. 왜냐면, 역시 이렇게 작은 친구가 볼 때, 사람은, 엄청 크니까요…."

"그렇군요…. 개는 다 사람을 좋아하는 줄로만 알았는데…. 얘가 저 때문에 소심해진 것 같았어요…. 만약 그렇다면, 너무 불쌍해서…."

"아뇨, 그렇지 않아요. 참고로, 야스다 님처럼 온화한 말투를 좋아하는 아이가, 많아요. 너무, 큰 소리로 얘기하는 사람보다."

아키는 병원에 온 순간부터 어쩔 줄 몰라 하는 리카를 보고 극도로 낯을 가리는 사람이겠거니 생각했다. 자기도 마찬가지니까. 흔들리는 눈빛을 보니 틀림없었다.

하지만 실제로 대화를 나눠 보니 생각만큼은 아니었다. 그러기는커녕 아미 얘기를 할 때는 불안한 듯 흔들리던 눈빛에 힘이 실렸다.

"…선생님, 꼭 직접 들은 사람처럼 말씀하시네요."

"네? 무슨, 설마요. 매일, 동물들이랑 같이 있다 보니, 웬만한 건 아는 것… 뿐이에요."

"그렇, 죠…."

아키는 저도 모르게 쓸데없는 소리까지 늘어놓을 것 같아 필사적으로 얼버무리며 일단 펜을 내려놓았다.

"그럼 잠시, 진찰 좀, 할게요. 대기실에서 기다려, 주세요."

그 말에 유키가 밖에서 대기실로 통하는 문을 열었다.

"네…?"

"진료가 끝나면, 불러드릴게요. 대기실에 계세요."

"같이 있으면 안 되나요…?"

"네. 문진표에도 적혀 있었는데…."

"그럴 수가… 못 봤어요…."

이런 보호자는 당연히 적지 않다. 특히 아키가 병원을 이어받았을 무렵에는 이런 일이 허다했다.

이렇게 병원을 계속할 수 있는 이유는 꾸준히 쌓아온 신뢰 덕분임을 알고 있다. 하지만 이런 방침이 일반적이지 않다는 사실 또한 아키는 잘 알고 있었다.

"불안하시겠지만, 선생님에게 맡겨주지 않으시겠어요? 금방 끝납니다."

보통 보호자들은 아무리 망설여져도 반려동물이 이상하리만큼 아키를 따르는 모습을 보고 대부분은 이해하곤 했다.

하지만 리카는 누가 봐도 동요한 모습으로 유키를 향해 작게 고개를 가로저었다.

그 태도에서 단지 아미가 걱정돼서라고만 생각할 수 없는 부자연스러움이 느껴졌다. 아키는 이상하다고 생각하며 리카의 어깨를 살포시 만졌다.

"저기, 이거 하나만큼은, 약속드릴게요…. 저는, 아미를 반드시, 건강하게 해 줄 수 있어요."

"건강하게…."

"네. 절대로요. 약속, 드려요."

"……."

아키가 리카의 눈을 똑바로 바라보자, 리카는 한참이 지나서야 겨우 작게 고개를 끄덕였다.

그리고 유키의 안내에 따라 미련 가득한 발걸음으로 진찰실에서 나오더니 발밑의 마리모를 보고 움찔거리며 소파 끝에 앉았다.

아키는 그 모습을 지켜보며 아미와 둘만 남은 진찰실에서 작게 기합을 넣으며 소매를 걷어붙였다.

"서, 서둘러야겠다. 아미, 이리 와."

그리고 치료실에 들어가 문을 닫고 아미를 치료대에 앉힌 다음, 눈을 똑바로 바라보았다.

"아미."

아미는 촉촉하게 젖은 동그란 눈으로 아키의 눈을 쳐다보았다.

"알려줘. …어디가, 아파?"

작은 귀가 쫑긋거리며 반응을 보였다. 그리고—.

"리카는, 사람을 불편해해."

작은 목소리가 치료실에 울려 퍼졌다.

"응?"

예상 밖의 말에 놀란 사람은 아키였다.

"옛날부터 계속 집에만 있었어. 그래서 외로워서, 날 키우게 됐다고 했어."

"어, 음…."

"나랑 같이 다양한 경험을 했으면 좋겠다고 했어."

"같이, 경험…?"

"내가 리카에게, 새로운 세계를 보여줄 거야."

아미는 필사적이었다. 말이 통한다는 사실에 당황하기는커녕, 오히려 이렇게 말할 날을 줄곧 기다려 온 듯 아미는 양쪽 앞발로 아키를 붙잡고 열심히 리카에 대해 이야기했다.

"혹시 리카한테 마음의 병, 이 있어…?"

"응. 하지만 내가 고쳐줄 거야."

아미의 말에 아키는 리카가 계속 움찔거리던 이유를 깨달았다.

보호자가 진료실에 함께 들어가지 못한다는 소리에 리카가 거부감을 보인 까닭은 아미가 걱정되어서이기도 했지만 자신이 혼자가 되는 게 불안해서였다는 걸.

순간 초조해진 아키는 아미를 안아 올렸다.

"크, 큰일이네! 그럼, 빨리, 다시 리카에게로 가자!"

"하지만 리카가 자기 혼자 병원에 가는 것도 치료라고 그랬어."

"…그, 그래. 그랬구나…."

마음을 닫은 리카의 바깥출입이라는 목표에 아미라는 파트너가 부여된 것이리라.

그렇다면 아미의 말대로 이렇게 병원에 오는 일도 하나의 경험이자 치료다. 다소 거친 치료법일 수는 있어도 효과적인 방법일 수 있겠다 싶었다.

"…그건, 그런데… 아미, 몸이 안 좋잖아…? 네 몸도, 치료해야지."

"난 괜찮아."

"응…?"

"산책하다가 다른 강아지들한테서 아키 얘기를 듣고 오고 싶었어. 이야기가 통한다고 해서, 상담을 하고 싶었거든."

"서, 설마… 연기, 한 거야…?"

아미는 당당하게 고개를 끄덕였다.

"밥을 안 먹으면 아키네 병원에 데려와 줄 거라고 생각했어. 아키, 리카는 나을까?"

"아, 아미. 대단하다…. 꼭, 좋아질 거야. 동물과 함께 지내는 건, 마음 치료에, 아주 좋거든. 아미의 사랑도, 리카에게 전해질 거고. 분명해. 그러니까, 무모한 짓은 하지 말고, 밥, 잘 먹어."

"알았어."

혹시나 하는 마음에 진찰을 해보긴 했으나 아미는 아주 건강했다.

아키는 고개를 절레절레 젓고는 아미를 끌어안고 치료실에서 나와 대기실로 향했다.

"오래 기다리셨, 습니다."

그리고 눈 앞에는 신기한 광경이 펼쳐져 있었다.

마리모를 안은 유키와 1미터 정도 떨어진 곳에서 그들을 바라보는 리카가 있었다. 리카는 조금씩 조금씩, 천천히 마리모에게 다가갔다.

너무 긴장해서인지 진찰실에서 아키가 나왔다는 것도 모

르고 있었다.

"이 친구는 아주 복슬복슬해요. 만지고 있는지 아닌지도 모를 정도로 말이죠. 일단 만졌다 하면 순식간에 푹 빠져서 네덜란드 드워프를 키우고 싶어지실 걸요. 아주 중독성 있는 감촉이랍니다."

"…그 정도예요…?"

"궁금하시죠? 만져보시겠어요?"

"……."

아무래도 리카는 유키의 꼬드김에 넘어간 듯했다. 이윽고 천천히 마리모를 향해 손을 내밀더니, 등을 아주 살짝 쓰다듬었다.

"어떠세요?"

"…진짜… 털이 가늘어서, 안 만진 것 같아요…."

"조금 더 깊숙이 쓰다듬으면 손끝으로 포근한 체온이 느껴진답니다. 이제 봄이긴 해도 아직 추운 날이 많은데, 안고 있으면 따끈따끈한 것이 천국이 따로 없어요."

리카는 그 말대로 손을 움직여 마리모를 쓰다듬었다. 그러자 굳어 있던 표정이 아주 약간 말랑하게 풀어졌다.

"따뜻해라…."

"네덜란드 드워프는 '네덜란드의 소형종'이란 뜻이에요. 이름대로 이 상태에서 더 자라지 않는답니다. 사람을 잘 따르고 비교적 키우기 쉬운 토끼죠. 저희 병원에 오시면 언제든지 만지실 수 있어요. 마리모는 제가 거북이 치요 다음으로 많이 데리고 오거든요."

그 광경을 본 아키는 절로 웃음이 새어 나왔다. 리카는 퍼뜩 정신이 든 듯, 아키에게 안긴 아미에게 다가왔다.

"어땠, 나요…?"

"괜찮았어요. 아픈 데는 없었고, 그냥 조금 더위를 먹은 것, 같네요. 분명 금방 좋아질 거예요."

"…다행이다."

리카는 안심한 듯 아미를 끌어안았다.

아미도 행복한 듯 볼을 핥았다.

"아무것도 한 게 없어서, 오늘 치료비는, 없어요."

"네? 그건 좀…."

"하지만… 괜찮으시다면 또, 와 주셨으면 좋겠어요. 그리고, 마리모 말고도 땅거북과 거북이인 치요랑, 말하는 앵무새 삐요지도, 있어요. 아주, 재미있으실 거예요."

"괜찮, 나요…?"

"그럼요."

리카는 처음으로 미소를 지었다.

그 표정에 아키는 안도의 한숨을 쉬었다. 리카의 미소에는 아미가 아픈 게 아니라는 안도감과 혼자 병원에 온 덕분에 붙은 자신감이 함께 배어나오는 듯했다. 부드럽고 단단한 느낌의 신기한 미소였다.

그리고 리카는 여러 차례 고개를 꾸벅이며 병원을 나섰다.

"유키, 대단하다. 사람한테는, 그렇게 관심이, 없는 줄 알았는데…."

"저한테는 동물도 사람도 똑같아요. 친해지고 싶을 때의 방법도 잘 알고 있고요."

"그, 그래."

"참, 아키 선생님. 그거 아세요? '아미'라는 단어는 다양한 언어에서 친구를 의미해요. 프랑스어로는 그대로 '아미'고, 스페인어로는 '아미고', 라틴어로는 '아미쿠스'예요."

"친구…라. 딱 어울리는 이름이네."

오전 진료는 아미에서 끝났다.

대기실 소파에 멍하니 앉아 있자니, 리드줄에서 풀려난 마리모가 아키 곁에 다가와 코를 움찔거렸다.

'나도 옛날에 그 아이가 구해줬었지.'

문득 머릿속에 아버지를 잃었을 때의 기억이 떠올랐다. 그리고 '정신 똑바로 차려'라는 힘찬 말도.

아키는 그 목소리를 결코 잊을 수 없었다.

자기를 구해준 그 목소리를.

"아키 선생님, 그런데요. 치요가 곧 아버지가 돼요. 아기들이 태어나면 데리고 올게요."

"어…? 치요, 수컷이었어…? 게다가, 부인까지…?"

어쨌든 사쿠라이 동물병원의 정신없지만 알찬 나날이 계속 되고 있었다.

제1장

새끼 고양이와 소년과 비밀

✚

"아키 선생님, 제가 아는 사람 중에 강아지를 입양하고 싶다는 사람이 있는데… 요전에 입양처 찾지 않았어요? 벌써 구하셨나?"

"아, 아직, 이요! 너무, 좋아요! 고마워요! 제발, 부디, 꼭, 뵈, 뵙게 해주세요!"

"다행이네요, 그럼 조만간 데리고 올게요."

사쿠라이 동물병원에서는 동물 입양도 주선한다.

슬프게도 입양처를 찾는 동물은 적지 않다. 물론 개중에는 반려동물이 새끼를 낳아 키우실 분을 찾습니다 같은 행복한 입양도 있긴 했다. 하지만 사쿠라이 동물병원에서는 주로 버려졌거나 부득이하게 키울 수가 없게 된 경우 같은 이런저런 사정이 있는 아이들이 많다.

아키가 직접 나서서 임시 보호를 맡는 일이 빈번해서 사쿠라이 동물병원은 입원 중인 환자를 포함해 늘 수많은 동물이 머물고 있었다.

참고로, 동물들이 잠자는 곳은 치료실 옆에 있는 큰 방, 통칭 '사쿠라이 호텔'이다. 원래는 병실 혹은 입원실로 불렀는데, 언제부턴가 유키가 그렇게 이름을 붙여버렸다.

사쿠라이 호텔은 동물 종류에 따라 또 따로따로 구역이 나뉘어져 있었다.

벽 한쪽에 동물용 케이지와 도그 펜스가 나란히 놓인 모습은 다른 병원이랑 비슷했다. 하지만 공간이 널찍한 편이라 다양한 종류의 장난감부터 커다란 캣타워까지 크기가 큰 놀이 도구도 즐비했다.

아키의 할아버지가 이 병원을 지을 때부터 동물들이 편안하게 지낼 수 있도록 신경 써서 설계를 했다고 한다.

현재 있는 동물은 입원 중인 동물을 제외하고 임시 보호 중인 강아지가 네 마리, 새끼 고양이가 세 마리, 길 잃은 족제비 한 마리, 그리고 역시 길을 잃고 헤매던 잉꼬 두 마리이다.

모두 사쿠라이 동물병원 인터넷 홈페이지와 게시판에 정보를 올려두었고, 길을 잃은 친구들은 주인이 나타나지 않으면 입양처를 찾는 쪽으로 방향을 튼다.

"유키, 강아지, 입양할 분을 찾을 수 있을 것 같아."

"그거 잘됐네요. 좋은 분이 데려가시면 좋겠는데."

"응, 진짜, 진짜, 진짜로, 그랬으면 좋겠어."

"그런데 잉꼬 두 마리는 주인이 꽤 오래 안 나타나는데, 제가 데리고 가도 될까요?"

그중에는 이렇게 유키에게 입양되는 아이들도 많다.

아키는 도대체 유키가 얼마나 큰 집에 살며, 거기서 얼마나 많은 동물을 키우는지 짐작조차 할 수 없었다.

"…조, 좋, 좋지만…. 더, 키우게…?"

"네. 잉꼬는 이미 여덟 마리 있고 출산도 경험해봐서 걱정 않으셔도 돼요."

"여, 여덟…."

"네. 잉꼬 말고도 있긴 한데, 새 전용 방은 아직 여유가 있어서요."

"그, 그, 그래."

아키는 때때로 거북이 치요랑 마리모와 대화를 나눴지만, 원체 말수가 적은 친구들이라 유키의 집 상황을 추측해볼 만한 이야기는 듣지 못했다. 아이들은 자기가 얼마나 유키를 좋아하는지에 대한 말 외에는 거의 하지 않았다.

궁금한 점은 많았지만 충분한 돌봄을 받고 있는 덕에 동물들이 스트레스를 받는 일은 없는 듯해서 아키는 그 부분에 관해 유키에게 아무 말도 묻지 않았다.

그러나 병원에서 돌보고 있는 보호 동물들은 그 수가 늘어나면 늘어날수록 당연히 돌봐야 하는 시간도 늘어난다. 둘이서 운영하는 사쿠라이 동물병원 입장으로서는 상당한 부담이었다. 동물을 보호한다는 건 쉬운 일이 아니다. 당연히 먹이만 준다고 끝날 일도 아니었다.

좁은 공간에서 보호하는 만큼 스트레스에 관해선 특히나 주의를 기울일 필요가 있는 데다가, 개의 경우는 산책도 중요했다.

아키는 진료시간 전후는 물론 쉬는 날에도 하루 두 번씩 개들을 산책시켰고, 한 마리씩 컨디션을 살펴주었다. 각각의 동물에게 맞는 먹이를 준비하는 건 유키의 몫이었다. 그 외에도 며칠 간격으로 샤워를 시키고 발톱을 깎아주는 등, 할 일을 세자면 끝도 없었다.

"유키가 할 일도, 늘어, 나겠지…. 역시, 둘이선 힘들려나…. 아르바이트라도, 구할까…."

아키의 한숨에 유키는 작게 고개를 저었다.

"아뇨, 아직 괜찮아요. 보호 중인 애들이 힘들어 보이면 그때 생각하죠."

"그러는 편이, 좋으려나."

유키는 병원 관계자를 그다지 늘리고 싶지 않은 아키의 마음을 헤아리고 있었다. 그래서 바빠 죽겠네, 힘들어 죽겠네 같은 불만을 거의 토로하지 않았다.

하지만 그러한 아키의 의중 때문에 유키의 부담이 늘고 있다는 사실을 너무 잘 아는 아키로서는 유키의 말을 곧이곧대로 받아들일 수도 없었다.

'어떡, 할까….'

해결책을 생각하다보면 다다르는 결론은 늘 최선을 다해 입양할 사람을 찾아보자는 것이었다. 하지만 보호 동물이 줄어들었다 싶으면 다시 늘어나기 일쑤라 일손 부족은 해소될 기미가 전혀 보이지 않았다.

그러던 어느 날.

진료를 끝내고 멍멍이들 산책도 마친 아키가 병원 2층에 있는 집에서 잠시 한숨을 돌리던 때였다.

갑자기 인터폰이 울렸다. 진료시간이 끝났는데 병원으로부터 연락이 왔다는 건 긴급상황일 가능성이 크다.

숨을 고르다가 놀란 아키는 허둥지둥 잠가둔 출입문을 열었다.

그러자 문 앞에는 성인이 될까 말까 한 나이의 젊은 청년이 서 있었다.

"저, 저기! 수의사 선생님 아직 계신가요……?"

"어, 음, 저, 전데요."

"네?"

말만 안 꺼냈다 뿐, 의심의 빛이 역력한 표정이었다.

동안에 체구가 작은 아키는 상대의 이런 반응에 익숙했다. 기껏해야 중학생쯤으로 볼 때도 있었다.

게다가 오늘은 멍멍이들을 산책시키고 온 참이라 티셔츠와 후드 차림의 편한 복장이었다. 하다못해 수의사 가운이라도 입고 있을 걸, 하면서 아키는 청년을 올려다보았다.

"저기, 무슨, 일이시죠?"

"네?! …맞다, 이 애! …이 애 좀 봐주세요!"

청년은 그렇게 말하며 손바닥 위에서 힘겹게 숨 쉬는, 작디작은 새끼 고양이를 아키에게 내밀었다.

아키의 눈이 커졌다.

"크, 큰일…!"

"아까 학교 앞에서 발견했어요…. 다친 데는 없는 것 같은데…."

새끼 고양이는 삐쩍 마른 데다가 숨소리도 얕았다. 언제 죽어도 이상하지 않을 만큼 쇠약한 상태였다. 아키는 조심조심 고양이를 받아 들고는 곧장 치료실로 달려가 상태를 확인했다.

체온과 맥박을 재고 수액을 준비한 아키는 손가락으로 고양이의 눈꺼풀을 벌려 눈동자를 똑바로 바라보면서 말을 걸었다.

"얘, 대답해, 줘…! 힘드니? 아파?!"

그러나 새끼 고양이는 대답하지 않았다.

약하디약한 맥박이 간신히 목숨을 부지하고 있음을 증명했다.

"꼭, 건강하게 만들어 줄 테니까, 포기하지 마! 절대 포기하면 안 돼!"

그러나 체온이 서서히 낮아졌다. 아키는 새끼 고양이의 몸을 덥혀주면서 수액을 놓으며 계속해서 필사적으로 말을 걸었다.

"대답해! 내 목소리, 들려…?!"

그때.

아주 미세하게 귀가 움직거리며 반응했다.

그 작은 반응을 놓치지 않은 아키는 한 번 더 눈동자를 들여다보았다.

"그래, 그거야…! 나랑 이야기하자! 응?"

이번엔 작게 수염이 떨렸다. 그리고….

"…엄, 마."

새끼 고양이가 처음으로 뱉은 말에 아키는 숨을 삼켰다.

"엄마…? 엄마를, 잃어버렸니…?"

새끼 고양이는 더 말을 잇지 못하고 대신 가냘픈 야옹 소리를 냈다.

가슴을 쥐어짜는 듯한 애처로운 소리였다.

고양이는 자기 새끼에 대한 애정이 깊은 동물로, 독립할 때까지는 엄마 고양이가 온 힘을 다해 보호하는 습성이 있다. 그런데 이렇게 작은 새끼가 방치되었다는 건 곧—.

'엄마 고양이는 분명 이미 죽었겠구나….'

울컥해진 아키는 새끼 고양이의 등을 쓰다듬었다.

한동안 등을 쓰다듬자 체온도 호흡도 조금씩 안정을 되찾기 시작했다. 아키는 새끼 고양이를 집중 치료 부스에 넣고 수액을 꽂았다.

한숨을 내쉬고 물을 마시려 대기실의 정수기로 비척비척 걸어나간 순간.

"앗…!"

그곳에는 새끼 고양이를 데려온 청년이 있었다. 청년은 소파에 앉은 채 걱정스러운 표정으로 아키를 올려다보았다.

다급함에 청년의 존재를 완전히 잊고 있던 아키는 너무나도 당황한 나머지 반사적으로 그 자리에서 펄쩍 뛰다가 벽에 세게 부딪혔다.

"서, 설명이 늦어서, 죄송, 합니다! 지금 막, 조조조, 조금 진정됐어요! 집중 치료 부스에 들여보냈으니, 잠시 상태를, 살펴, 보겠습니다…."

"선생님이야말로 진정 좀 하세요…. 놀라게 해 드린 것 같아서 죄송하네요. 저 아이는 괜찮을까요?"

"분명! 이제, 괜찮을 거예요! 저 아이, 길고양이, 맞죠? …저기, 선생님 댁에, 데려가실, 예정이신가요?"

"아뇨…. 거기까지는 생각 안 해 봤는데, 그렇군요…. 키울 사람을 찾아야겠구나."

"그, 그럼, 제가, 보호, 할게요! 데려와 주셔서, 고, 고맙습니다!"

아키가 뻣뻣하게 굳은 얼굴로 미소를 짓자 청년은 문득 긴장했던 표정을 풀며 소파에서 일어나 아키 앞에 섰다.

"그런데 진짜 수의사 선생님이셨군요. 아까는 실례되는 소리를 해버렸습니다. …아니, 저랑 나이 차이가 별로 안 나 보여서요."

"스, 스물여섯, 이에요. 그렇게, 젊지도, 않아요."

"충분히 젊으신데요. 저기, 저 친구 또 보러 와도 될까요…?"

"네? …아, 네, 네, 그럼요."

청년은 배웅하는 아키에게 꾸벅 고개를 숙이고는 다시 뒤를 돌아보았다.

"저는 데즈카 하야토라고 해요. 대학원에서 동물행동학을 연구 중입니다. 기억해 주시면 기쁘겠네요."

"네, 네…"

아키는 갑작스런 자기소개에 당황하면서도 허둥지둥 끄덕거렸다.

'대학원생이라면 진짜 별로 나이 차가 안 나겠구나.'

멋대로 십대이겠거니 생각했던 아키는 속으로 반성했다. 하지만 소년처럼 야구모자에 체크 뮤늬 셔츠를 입은 데즈카의 옷차림을 보면 착각할 만도 했다.

부드러워 보이는 검은색 머리카락에 크고 인상적인 눈, 웃을 때 순간적으로 보인 귀여운 덧니. 마치 시바견 같다는 생각이 문득 들었다.

아키는 고개를 붕붕 저으며 황급히 치료실로 돌아갔다.

한편.

사쿠라이 동물병원에서 나온 데즈카는 찬찬히 뒤를 돌아보며 의미심장하게 고개를 갸웃거렸다.

"…말을 했어, ……고양이랑."

오늘은 유키도 없어서 치료실과 진찰실 문까지 다 열어두고 치료에 집중했다는 사실을 아키는 아직 모르고 있었다.

그러나 치료실에서 일방적으로 동물과 대화를 했다고 치기엔 너무 부자연스러웠던 아키의 모습에 데즈카는 분명한 수상함을 느꼈다.

“오. 안녕, 고양이야.”

다음날, 거북이 치요와 함께 출근한 유키는 폭신한 담요에 싸인 새끼 고양이를 보고 다정다감한 눈웃음을 지었다.

“안녕, 유키. 이 아이, 구조돼서, 어떻게든 목숨은, 건졌는데…. 영양실조 증상이, 너무, 심해. 한동안, 주의 깊게 봐 줄 수….”

“당연하죠. 그런데 아키 선생님, 혹시 밤새셨어요?”

“으, 응….”

“그럼 오늘 개들은 제가 볼게요. 일단 산책부터 다녀오겠습니다.”

“괜찮아? …미안, 해.”

“아뇨. 생명을 구하는 일은 아주 고귀하고 멋진 능력이라고 생각해요. 아키 선생님, 고생 많으셨어요. 산책은 저도 할 수 있으니까 얼마든지 맡겨주세요.”

“고마, 워.”

아키는 고마워하며 유키를 배웅한 다음, 조금 기운을 차린 새끼 고양이와 눈을 맞췄다.

“아직, 어디, 아프니…? 오늘은 수액이지만, 내일부터는, 유동식으로, 조금씩 영양을 보충, 하자.”

새끼 고양이는 귀를 움찔거리더니 냐옹, 하고 울고는 가냘픈 목소리로 아키의 이름을 불렀다.

“아키.”
벅차오른 아키는 살며시 고양이의 몸에 이마를 대었다.
“내 이름을, 기억해 준 거야…? 기뻐.”
“아키.”
“응, 여기, 있을게. 계속, 있을게.”
아이가 사경을 헤메면서 내뱉은 ‘엄마’라는 말이 떠올랐다.
그러나 의식을 되찾은 새끼 고양이는 더 이상 아키에게 엄마에 관해 묻지 않았다.
동물은 사람보다 훨씬 감이 좋고 강인하다. 오랫동안 동물들의 말을 들어온 아키는 그 사실을 잘 알고 있었다.
새끼 고양이는 천천히 건강을 되찾았다. 일주일쯤 지나자 총총거리며 돌아다닐 수 있을 만큼 회복되었다.
성별은 암컷, 털은 고등어 태비, 눈동자는 금빛. 양쪽 앞발 끝은 흰 양말을 신은 듯 새하얬다. 서서히 털에 윤기가 돌기 시작하자 깜짝 놀랄 만한 미묘(美描)가 되었다.
그러나 새끼 고양이에게 손이 덜 가게 됐다고 하루 업무량이 줄어드는 건 아니었기에, 아키의 피로는 계속해서 쌓여만 갔다.
그러던 어느 날.
개들을 산책시키려고 네 마리에게 질질 끌려 호텔을 나선 순간.

갑자기 아키의 눈앞이 흔들렸다.

……어…?

온몸에서 힘이 빠지더니 무릎이 풀썩 꺾였다.

"아키."

"아키."

"아키."

"아키."

개들이 일제히 돌아보며 이름을 불렀지만 대답도 못 한 채 땅에 고꾸라지기 일보 직전, 누군가 세차게 팔을 잡았다.

……어…?

흐릿한 시야 속, 아키의 얼굴을 쳐다보는 낯익은 사람이 있었다. 네 마리 개들이 달라붙는데도 진지한 눈길로 아키를 쳐다보았다.

"어라…?"

"빈혈인가요? 위험했어요."

"어, 음…."

"데즈카예요. 기억나세요?"

아미는 한동안 멍하니 데즈카를 바라보았다. 이윽고 기억이 조금씩 되살아났다.

"아…! 그때 그…!"

"…방금 전까지 비틀거리셨으니 큰 소리는 안 내시는 게…."

"죄, 죄송…해요."

데즈카는 아키의 팔을 잡아 바로 일으켜 세웠다. 마른 것 치고는 완력이 상당했다. 아키는 당황했지만 곧 꾸벅 고개를 숙였다.

"조금, 수면이 부족했을, 뿐이에요…. 혹시, 새끼 고양이를, 보러 오셨나요? 안내해 드릴게요…. 아, 참, 그렇지. 산책가던 중이었지…. 다녀와서 보여드려도, 될까요…? 기, 기다리는 시간, 괜찮으시겠어요…?"

"아니, 아니요. 됐으니까 일단은 쉬시는 게…."

혼자 허둥거리는 아키에게 데즈카는 난감하다는 듯한 미소를 지었다. 아키는 고개를 끄덕이며 심호흡을 했다. 그리고 당황한 네 마리의 개들과 시선을 맞춘 다음에야 겨우 진정할 수 있었다.

"죄송, 해요. 조금, 허둥거렸네요. …어, 일단은, 고양이는 건강해요. 요즘엔, 여기저기 알짱거리면서, 탐험도 해요."

"안심이네요. …저기."

"네?"

"일단 제가 이 친구들 산책을 시켜도 될까요?"

"네… 네?"

갑작스러운 제안이었다.

얼음이 되어버린 아키에게 데즈카는 사람 좋은 미소를 지으며 네 마리 개를 차례대로 쓰다듬었다.

"연구에 참고가 되기도 해서요. 혹시 민폐가 아니라면…."

"그럴 리가요. 완전, 감사하죠. 그, 하지만…."

"그럼 결정. 다녀오겠습니다!"

데즈카는 리드줄을 한 데 쥔 채 바로 달려나가더니 개들과 함께 순식간에 사라졌다. 아키는 잠시 멍하니 서 있다가 다시 사쿠라이 호텔로 되돌아갔다.

"아키 선생님, 개들은 어디 갔어요?"

"그게… 산책을 시켜주겠다는, 분이…."

"그렇군요. 탈주나 유괴만 아니면 괜찮죠."

산책을 부탁해놓고 새삼스럽긴 했지만, 유키의 그 말에 문득 데즈카에 대해 거의 아는 게 없다는 사실이 떠올랐다.

평소 같았으면 소중한 동물을 맡길 만한 사람인지 신중히 살폈을 텐데, 데즈카에게는 이상하리만큼 경계심이 들지 않았다.

……아마, 좋은, 사람인, 것 같아.

아키는 느낌을 그다지 믿지 않는 편이었다. 그러나 어쩐지 믿음이 갔다.

새끼 고양이를 구조해 병원에 데려오고, 걱정되어 상태를 살피러 오는 등, 동물 중심의 삶을 사는 아키의 기준으로 볼 때 적어도 나쁜 사람은 아니다.

어느덧 한 시간쯤 지나 데즈카가 돌아왔다. 유키가 개들을 도그 펜스 안으로 들여보내는 모습을 본 둘은 대기실로 들어갔다.

"오랫동안 산책을 시켜 주셔서, 감사합니다."

"별말씀을, 저 동물 진짜 좋아해서요. 그보다 제가 밥을 줘도 될까요?"

"괘, 괜찮으시겠어요?"

데즈카의 제안에 두 사람은 대기실을 나와 다시 사쿠라이 호텔로 들어갔다. 안에는 마침 유키가 먹이 준비를 하다가 아키와 데즈카를 보고 작게 고개를 숙였다.

"유키, 데즈카 씨가, 애들 밥을 주고 싶으시대."

"감사한 일이네요. 그럼 부탁드립니다."

데즈카는 먹이가 담긴 그릇을 여러 개 들고 도그 펜스 안으로 조심스레 들어갔다. 개들은 기쁜 듯 펄쩍펄쩍 뛰며 데즈카를 반겼다.

그 모습에 아키는 그만 감탄하고 말았다.

개는 기본적으로 사람을 잘 따르지만, 단 한 번의 산책으로 이렇게까지 따르는 경우는 드물다.

그러다 문득 데즈카가 연구하고 있다는 '동물행동학'을 떠올렸다.

"동물행동학, 이었, 죠…? 부끄러운데, 사실 제가, 이름밖에 몰라서요. 저기, 어떤 연구를, 하고 계시나요…?"

"모르시는 게 당연해요. 일본에서는 아직 미진한 연구 분야거든요. 쉽게 말하자면 동물에게도 감정이 있고, 그 감정을 기반으로 행동한다는 걸 연구해요."

"그렇, 군요…."

평소에도 자연스럽게 동물과 소통하는 아키에게는 너무 당연한 일처럼 느껴졌다.

하지만 분명 일반적으로 동물의 감정이란 아직 베일에 쌓인 부분이 많은 영역이다. 대화가 되면 좋겠다고 생각하는 보호자도 많다.

"뭐, 선생님께는 이미 아무 의미 없는 분야일 수도 있겠지만요."

"네…?"

그때 데즈카가 툭 흘린 말에 아키는 무슨 의미인지 의아했다.

어떻게 해석해야 좋을지 망설이고 있는데, 데즈카가 약간 의미심장하게 웃었다.

"수의사 선생님은 일반인보다 훨씬 더 이미 동물의 감정에 민감하시지 않냐, 이 얘기예요."

"…그거야… 그럴지도 모르겠, 네요."

아키는 품고 있던 의아함을 떨쳐내려는 듯, 주저하면서도 미소를 지어 보였다.

“아키 선생님, 슬슬 진료시간 다 됐어요.”

“아, 네! 데즈카 씨, 고양이를 여기로 데려올 테니까, 괜찮으시면, 좀 놀아주세요. 가실 때는, 말씀 주시고요.”

“알겠습니다. …저기, 하다못해 ‘씨’는 좀 빼주시겠어요? 제가 더 어린데.”

“네? …아, 네. 데즈…카.”

“하하. 그럼 고양이 기다릴게요.”

“아, 알겠, 어요.”

아키는 데즈카의 페이스에 말려들고 있었다.

나이 어린 청년이 놀리는 것 같아 창피하긴 했지만, 강아지 같은 미소를 보고 있으면 절로 용서가 됐다.

당황해하며 치료실로 통하는 문을 열자 유키도 그 뒤를 따랐다.

그리고 문이 닫히자, 유키는 드물게 무거운 한숨을 내쉬었다.

“아키 선생님, 아직 저 사람한테 너무 마음 열지 않으시는 게 좋을 것 같은데요.”

“응…?”

“좋은 사람인 건 알겠는데, 뭔가 꿍꿍이가 있는 것 같기도 해요.”

"그 말은…."

유키의 말에 아키도 방금 전 느꼈던 의아함을 떠올렸다. 하지만 왜 그런 느낌이 들었는지는 잘 모르겠다.

"하지만 동물 다루는 데 능숙하고 애정이 깊은 건 인정이요. 그러니까 선생님, 저 사람 일로 뭔가 난처하다 싶을 땐 말씀 주세요. 제가 전력을 다해 보호해 드릴게요."

"고마…워."

이상하게도 '너무 오버야'라며 웃을 마음이 들지 않았다. 유키는 멍한 표정의 아키를 내버려둔 채 진찰실을 지나 접수대로 가 컴퓨터를 켰다.

아키는 마음을 되잡고 케이지에서 새끼 고양이를 꺼내 안았다.

"널 살려준 오빠가 놀러 왔어."

"살려준?"

"보면 분명, 생각날 거야. 건강한 모습, 보여주자."

"응."

"이름은, 데즈카 씨…가 아니라, 데즈카, 야."

"데즈카."

유키는 다시 사쿠라이 호텔로 들어갔다. 새끼 고양이를 본 데즈카는 바로 눈꼬리를 내리며 미소를 지었다. 그리고는 다정한 몸짓으로 고양이를 받아들었다.

"다행이다…. 너 완전히 건강해졌구나."

"데즈카."

새끼 고양이는 데즈카를 기억해냈는지 이름을 부르며 가슴팍에 파고들었다.

물론 데즈카가 고양이의 목소리를 들을 수 없겠지만, 데즈카는 행복한 듯 고양이를 쓰다듬었다.

"아직, 몸무게가, 좀 덜 나가서, 주의해야 해요. 하지만, 이제 걱정, 안 해도 될 거예요. 그럼, 저는 진료 보러 갈게요. 어, 얼마든지 편히 계세요."

"네. …저한테는 천국 같은 곳이라 정말 계속 있고 싶네요."

"네, 동물들도, 좋아할 거예요."

그리고 겨우 진료가 시작됐다.

언제나처럼 차례차례로 밀려드는 동물들을 계속해서 보다 보니 순식간에 오전 세 시간이 지나갔다.

정신을 차리자 접수대는 마감한 상태였다. 아키는 마지막 진찰을 본 후 숨을 내쉬었다.

문득 데즈카가 생각났다.

'…그러고 보니, 간다는 말을 하러 안 왔네….'

"유키, 나, 사쿠라이 호텔 좀 보고 올게."

"네."

유키가 사쿠라이 호텔로 통하는 치료실 문을 열자, 눈앞에는 놀라운 광경이 펼쳐져 있었다.

고양이 전용 공간에서 세 마리 고양이에게 눌려 꼼짝 못 하고 있는 데즈카의 모습이 보였다. 세 마리는 서로 질세라 데즈카의 무릎 위에 올라가 아주 편안한 모습으로 새근새근 자고 있었다.

"혹시, …못 움직이시는, 건가요."

"아뇨, 움직이기 싫다는 표현이 맞겠네요."

"……."

데즈카는 황당한 표정의 아키를 보고 싱글벙글 웃었다.

팔에는 새끼 고양이가 조심스레 안겨 있었다.

"놀아주셔서, 고맙, 습니다. 둘이서는 한계가 있어서, 정말, 정말 살았어요."

"저한테 여긴 천국 같은 곳이라고 말씀드렸잖아요. 고양이들이 따라다녀서 행복했어요. …아니, 그보다…."

"네?"

"지금은 학교에 잠깐 가야 되는데, 저녁에 또 산책시키러 와도 되나요?"

"아, 그건, 아무리 그래도 너무 죄송한…!"

"아뇨, 하고 싶어요. 너무 재미있었거든요."

미안하기 짝이 없었지만 바쁜 아키에게 이는 거부할 수 없는 제안이었다. 아키는 망설이다가 결국 호의에 기대기로 했다.

"괜찮, 으시겠어요?"

"당연하죠."

"고맙…습니다."

"다행이다. 그럼 또 올게요. 진료시간이 끝날 때쯤에."

말을 끝낸 데즈카는 새끼 고양이를 아키에게 조심조심 건넨 다음 미소와 함께 손을 흔들며 떠났다. 아키는 멍하니 그 뒷모습을 바라보았다.

데즈카가 떠난 사쿠라이 호텔에서는 동물들이 차례로 술렁이기 시작했다.

"데즈카."

"데즈카는?"

개들은 처량하게 꼬리를 축 늘어뜨리고는 쓸쓸한 듯 컹컹 짖었다.

"신기한 사람이네요. 솔직히 아키 선생님한테 작업 걸려는 구실인 줄 알았어요. 뭐, 그 가능성도 아직 배제할 수는 없지만, 동물을 좋아하는 것도 사실 같군요."

"어, 그러니까, 작업…이라면."

"아키 선생님은 사람 심리에는 병적일 정도로 둔해요."

대기실로 돌아온 아키는 유키의 말뜻을 이해 못 한 채 고개를 갸웃거렸다. 그러나 자기가 사람 심리에 둔하다는 사실은 이미 너무나 잘 알고 있었다.

어렸을 때부터 동물에 푹 빠져서 수의사가 되려고 열심히 공부에만 매달린 탓도 있지만, 친구를 사귀는 데도 서투르기 짝이 없었다. 애당초 동물이랑 보내는 시간이 아키에게는 가장 편안했다.

그래서 학생 때도 끼리끼리 어울려다니며 노는 친구들을 단 한 번도 부러워한 적이 없었다.

"둔한 건, 인정하지만…."

"참고로 아까 했던 말은 데즈카 씨가 아키 선생님을 마음에 들어하는 게 아니냐는 뜻이에요."

"마음에, 들어해?"

"연애 상대로요."

"연, 애. …그건, 절대, 아닐걸."

담담하게 부정하는 이유는 아키가 그런 가능성을 1mm도 생각하고 있지 않아서다.

유키는 질렸다는 듯 눈을 가늘게 뜨고는 한숨을 쉬었다.

"아무튼, 곤란한 상황이 생기면 말씀 주세요. 저도 사람 감정에 둔한 편이긴 하지만, 아키 선생님보다는 나으니까요."

"…으, 응."

그날 저녁, 데즈카는 자기가 선언한 대로 진료시간이 끝난 다음 개를 산책시키러 왔다.

개들은 뛸 듯이 기뻐했고 아키는 망설이면서도 산책을 부탁했다.

그리고 데즈카는 그날부터 사쿠라이 동물병원에 자주 얼굴을 내밀었다.

"동물행동학이란, 행동의 적응적 의미, 이종(異種)간의 비교, 진화 등의 연구로…."

아키는 연구의 일환이라는 데즈카의 말뜻을 이해하기 위해 동물행동학을 인터넷으로 검색해보았다. 하지만 실제로 개들과 어울리는 게 도움이 되는지는 솔직히 잘 알 수 없었다.

이윽고 일주일이 지나고, 또 일주일이 지났다. 데즈카는 하루도 빠짐없이 사쿠라이 동물병원에 들러 완전히 회복한 새끼 고양이와 놀다가 돌아가곤 했다.

"보기와는 달리 꾸준하네요, 데즈카 씨."

"응, 조금, 신기할 정도로…."

처음에 데즈카를 불신의 눈으로 보던 유키도 진심으로 탄복한 낌새였다.

"이제, 다 나아 보이네. 몸은, 좀 어때?"

새끼 고양이는 컨디션을 살펴주는 아키에게 갑자기 시선을 보냈다.

"데즈카."

"응? 데즈카는, 금방 올 거야. 왜?"

"찾고, 있어."

"…뭘?"

"개."

"개?"

새끼 고양이는 필사적으로 무언가를 말하려 했다.

그러나 말이 중간중간 끊겨 이해하기 어려웠다.

"데즈카, 개."

"데즈카의, 개?"

"사라진, 개."

"사라졌, 다니…."

아키는 조금이라도 정보를 얻으려고 몇 번이고 되물었지만, 새끼 고양이는 어느새 지쳤는지 진료대 위에 벌러덩 누워버렸다.

'데즈카, 사라진, 개….'

꽤나 의미심장한 말이었다. 아키는 잠시 이리저리 머리를 굴렸다.

그때 사쿠라이 동물병원의 인터폰이 울렸다. 데즈카가 왔다는 신호다.

아키는 허둥지둥 자리에서 일어나 새끼 고양이를 안은 채

문을 열었다. 그러자 그곳에는 평소와 변함없는 모습의 데즈카가 서 있었다.

"안녕하세요. 그럼, 오늘도 다녀올게요."

"항상, 고마워요…."

아키가 사쿠라이 호텔 문을 열자 개들이 일제히 애교 섞인 소리로 울부짖었다. 데즈카는 완전히 익숙해진 손길로 리드줄을 채운 다음, 바로 산책에 나섰다.

"아키 선생님, 차라리 데즈카 씨를 아르바이트로 채용하면 어떨까요?"

"산책 아르바이트? 그거, 괜찮, 겠다. 하지만, 업무가 되면… 분명 책임을 느끼, 겠지?"

"그건 그렇겠죠."

"그래도, 한번, 얘기해… 볼까."

유키의 말에 아키는 데즈카에게 일단 아르바이트 제안을 해보기로 했다. 그리고 가능하다면 새끼 고양이가 말했던 '데즈카의 도망간 개'라는 말이 무슨 뜻인지도 알아보고 싶었다.

그렇게까지 동물에 집착하는 데즈카의 사람됨에 약간의 흥미가 생겨서였다.

그래서 그날 진료가 끝난 후, 산책에서 돌아와 사쿠라이 호텔에서 강아지들과 놀고 있는 데즈카에게 깊은 생각 없이 물었다.

"데즈카…는, 왜, 그렇게 동물을… 좋아, 해요?"

"으음. 이유를 물으시면 좀 난감한데요. 귀여워서라는 이유는 안 되나요?"

"그렇, 구나. 집에서도, 키워요?"

"네. 집에서 골든 리트리버 키웠어요. 똑똑하고 저랑 아주 친했죠. …그런데…."

"그런데…?"

"일이 좀 있었어요."

"설마… 실종, 됐다거나."

그 순간, 데즈카의 눈이 커졌다.

새끼 고양이가 한 말이 맞나 보구나. 아키는 그냥 그 정도로 생각했다.

그러나 데즈카는 뜻밖의 말을 꺼냈다.

"아키 선생님. 혹시 그 이야기, 고양이한테 들으셨나요?"

이번에는 아키의 눈이 커졌다.

그 반응을 본 데즈카는 눈빛을 빛내며 아키에게 한 발짝 다가갔다.

"아니, 무슨…."

"보통은 제일 먼저 수명이 다했냐고 생각하지 않나요?"

"그런, 가요?"

"그렇죠. 귀소본능이 강한 개가 실종되는 일은 드물잖아요.

…사실은 저, 그 고양이한테 매일 얘기했어요. '실종된 내 개를 찾아야 한다'고."

"왜, 왜요…?"

"만약 이 얘기가 아키 선생님께 전달된다면 확신을 가질 수 있었으니까요. 아키 선생님은 동물이랑…."

"데즈카 씨."

그때, 유키가 사쿠라이 호텔로 들어왔다.

유키는 데즈카의 말을 억지로 끊고는 서늘한 미소를 지었다.

"유키 씨…."

"오늘도 수고 많으셨습니다. 지금부터 아키 선생님이랑 회의를 해야 해서, 이만 가주시겠어요?"

"아, …네."

그리고 아키는 유키에게 이끌려 사쿠라이 호텔을 나섰다.

아키는 대기실 소파에 앉아 크게 한숨을 내쉬었다.

"잘은 모르겠지만, 분위기가 좀 이상하길래 끼어들었어요."

"고마워…. 완전, 살았어."

숨을 골라봐도 아키의 심장은 쿵쾅쿵쾅 뛰기 바빴다.

'아키 선생님은, 동물이랑…'이라는 데즈카의 말이 머릿속에 맴돌았다.

'눈치, 챘나…?'

그럴 일은 절대 없다고 생각했기에 아키는 데즈카를 대할 때 아무런 경계를 하지 않았다. 애당초 평범한 사람은 설령 그런 생각이 들어도 바로 부정할 것이다. 왜냐하면, 아키의 능력은 일반 상식으로는 도저히 떠올릴 수 없는 특별한 재주였으니까. 그야말로 현장을 보지 않는 한 도저히 믿기 힘들 터였다.

'현장을 보지 않는 한….'

바로 그 순간, 오래되지 않은 기억이 아키의 머릿속을 스치고 지나갔다.

불과 몇 주 전, 데즈카가 새끼 고양이를 구조해 데려왔던 그때.

다 죽어가는 새끼 고양이를 치료할 생각만 가득해 완전히 잊고 있었다. 아키는 그날 새끼 고양이와 분명히 대화를 나누었다.

'봐, 버렸나…?'

이미 돌아간 줄 알았던 데즈카가 아직 대기실에 앉아 있었던 기억이 난다.

그러나 치료 중에 문을 닫았는지 아닌지는 잘 기억나지 않는다.

만약 봤다면, 게다가 데즈카가 확신하고 있다면 어떤 상황이 벌어질까. 아키는 이런저런 상상을 해보았다.

사쿠라이 동물병원은 지금 환자들로부터 신뢰를 얻고 있지만 조금 수상한 진료 방침을 내세우고 있다. 그런 만큼 이상한 소문은 치명타가 될 수도 있다. 그렇게 되면 환자들이 여태까지처럼 안심하고 반려 동물을 맡겨주지는 않으리라.

데즈카의 목적이 신경 쓰였다.

'이 병원을 망하게 할 생각…은 없어 보였지만, 그래도….'

조금 냉정을 되찾은 뒤 데즈카가 여태껏 보여준 행동을 되짚어봤으나 부정적인 생각은 들지 않았다.

그렇다고는 해도 새끼 고양이를 이용해 사실 확인을 하려 들다니. 그저 흥미 때문이라고 치부하기엔 결코 가벼운 사안이 아니었다.

"아키 선생님, 그럼 저는 이만 가볼게요."

"아…, 미안. 넋을 놓고 있었네. 수고, 했어."

"똑같은 말을 계속해서 죄송한데, 곤란한 일이 생기면 말씀 주세요."

"으… 응. 고마워."

"오늘은 집에서 이종 육상 경기 대회가 있어서 들어가 볼게요. 아키 선생님은 치요의 우승을 기원해 주세요."

"육상, 대회…."

유키는 입가에 옅은 미소를 띤 채 치요와 함께 퇴근했다.

아키는 깊은 한숨을 쉬고는 소파 등받이에 몸을 묻었다.

아무튼 지금 직면한 곤란한 일은 내일부터 데즈카를 어떻게 대하느냐였다. 갑자기 산책을 그만두게 하는 것도 부자연스럽고, 그렇다고 또 똑같은 주제로 대화하는 것도 피하고 싶었다.

결국 아키는 그대로 밤늦게까지 대기실에서 생각에 잠겨 있었다.

관엽식물을 건드리며 놀던 새끼 고양이도 어느샌가 아키 곁에 몸을 웅크리고 누웠다.

"아키 선생님, 안녕하세요."

"데즈카, 수고, 많아요. 저기, 준비 때문에 좀 바빠서, 사쿠라이 호텔 키를, 맡겨둘게요!"

"아…, 네."

"실컷, 있어도 되니까, 집에 갈 땐, 유키한테, 키 전해줘요."

"알겠습니다."

결국 아키는 고민 끝에 가급적 데즈카와 둘이 있지 않겠다는 아주 단순한 방법을 택했다.

아니, 아무리 생각해도 다른 방법이 떠오르지 않았다.

데즈카를 경계하긴 했지만 나쁜 사람이라는 생각은 도저히 들지 않았다. 그러나 어느 정도의 거리는 필요하겠다고 생각한 결과 내린 결론이었다.

데즈카는 아키의 반응에 대해 처음엔 별로 이상함을 느끼지 않는 듯하다가 날이 갈수록 이상함을 느꼈는지 가끔 얼굴을 마주하면 뭔가 말하고 싶어 안달복달하는 분위기를 풍겼다.

그래도 아키는 철저히 대화를 피했다.

대학원생이니 한가할 리도 없을뿐더러, 머잖아 산책이 지겨워져 발길을 끊을지도 모른다. 그때 자연스럽게 거리를 둘 수 있기를 아키는 바라고 있었다.

고등학생 때도 대학생 때도, 동물에 과하게 집착하는 아키의 별난 생활 방식에 관심을 두는 사람은 있었지만 금방 멀어졌다.

그렇게 사람들이 제게서 쉽게 멀어져가는 걸 많이 겪어봐서 크게 슬퍼해 본 적도 없었다.

그러나 데즈카를 피하게 된 후로는 이상하게도 마음 한켠이 작게 욱신거리는 느낌이 들었다. 아키는 필사적으로 그 느낌을 착각으로 치부했다.

그러던 중, 다행스럽게도 산책이 필요했던 네 마리 강아지들의 입양처가 하나씩 결정되었다. 데즈카를 피하기 시작한 지 2주째, 강아지는 한 마리만 남았다.

그러던 어느 날.

"너도 슬슬 입양처가 정해지면 좋겠다."

이르게 출근한 아키는 준비를 마친 다음 새끼 고양이와 놀고 있었다.

몸무게도 많이 늘어나 필수 접종까지 모두 마친 새끼 고양이는 입양해줄 사람이 나타나기만을 기다리고 있었다.

입양처가 정해지는 순간, 마음속에는 늘 시원섭섭한 감정이 오간다. 지금껏 수없이 겪어왔지만 아무리 지나도 익숙해지지 않았다.

"섭섭, 해."

"나도, 섭섭해. …그보다, 입양이 무슨 뜻인지, 알아?"

"섭섭, 해. ……나는."

"응?"

아키는 순간 굳어버렸다.

갑자기 튀어나온 '나'라는 1인칭. 깊이 생각하지 않아도 새끼 고양이가 데즈카의 흉내를 내고 있음을 바로 알아차렸다.

"이상한, 말, 하지, 말걸."

"……."

"부러워서, 난, 그냥. …"

새끼 고양이가 하는 모든 말들이 데즈카가 평소 혼잣말처럼 읊조리던 말이 틀림없었다.

그때 인터폰이 울렸다.

깜짝 놀란 아키는 어깨를 움찔거리며 허둥지둥 일어섰다.

그리고는 금세 혼란에 빠졌다. 인터폰을 울린 사람은 십중팔구 데즈카일 터였다.

그렇다 치더라도 평소 오는 시간보다 훨씬 빨랐다. 유키가 올 때까지 앞으로 10분은 더 있어야 했다.

아키는 마른침을 꿀꺽 삼키며 각오를 다지고는 문을 열었다.

"아, 아아아아아아아안녕하세요! 오늘도, 고맙, 습니다. 키, 여기요. 늘, 꼬박꼬박 와 주시는데, 무, 무리하지 않아도, 되니까…!"

아키는 버벅거리면서도 부자연스러울 정도로 밝게 행동하며 동요를 감추고는 헐레벌떡 대기실로 도망쳤다. 그때였다. 데즈카가 아키의 가운 끝자락을 붙잡았다.

"아키 선생님."

쿵, 심장이 울렸다.

"흐악! 죄, 죄송해요. 오늘은 아침 일찍, 수, 수술 예약이, 이것저것 준비를…."

"…제가 잘못했어요."

"…네?"

데즈카는 이리저리 흔들리는 아키의 눈을 똑바로 바라보았다.

"제가 이상한 소리를 해서 정나미가 떨어지신 거죠? 제가 그때 좀 이상했어요. 다시는 그런 말 않을 테니 평소처럼… 대해 주세요."

"데즈…카?"

"저는 동물학이라는 마이너한 연구 분야에 몰두할 정도로 동물이 좋아요. 그래서 동물을 좋아하는 사람도 좋아해요. 지금까지 연구의 일환으로 다양한 수의사 선생님들의 이야기를 들을 기회가 있었는데, 아키 선생님만큼 감정 이입해서 치료하는 분은 처음 봤어요. 생명을 책임지는 일이니 하나하나 감정 이입하면 못 버틴다는 것도 알아요. 그래서 아키 선생님이 더 대단하다 싶어 존경스러웠어요. 그래서… 겨우 친해졌는데, 미움받는 건 싫어서…."

데즈카는 말을 더듬으며 시바견처럼 순수한 눈을 내리깔았다. 그동안 피해 다녔던 날들이 진심으로 미안해질 만큼 슬픈 몸짓이었다.

아키는 견디지 못하고 그 눈을 바라보았다.

"자, 자, 잠깐, 만요! 미워하다니, 그럴 리가, 없잖아요…. 진짜, 그냥, 바빠서…."

"…진짜로요?"

"네!"

"화 안 나셨어요?"

"하나도, 화 안, 났어요!"

아키의 단언에 데즈카는 지금까지의 슬픈 표정이 마치 거짓말이었던 양 환한 미소를 지었다.

"…뭐예요, 다행이다."

"서, 설마…. 방금 그 표정은… 연기예요?"

아키는 순간 경계했지만 데즈카는 천천히 고개를 가로저었다. 그리고….

"저 진짜 고민했단 말이에요. 새끼 고양이한테 매일 섭섭하다고 하소연할 정도로요."

"……."

"이상한 말 하지 말걸! 하고 몇 번이나 넋두리를 했는지."

"그, 그래…요."

딱 새끼 고양이한테 들은 말대로였다. 아키의 눈동자가 흔들렸다.

데즈카는 행복한 듯 웃으며 사쿠라이 호텔로 향했다.

"아무튼, 다행이에요! 오늘 산책은 상쾌한 기분으로 갈 수 있겠어요."

그리고 개에게 리드줄을 채우고는 평소처럼 산책에 나섰다.

데즈카의 모습이 사라지자 아키는 크게 한숨을 쉬었다.

"…안심해도, 되려나…."

솔직히 '제가 잘못했어요.'라는 데즈카의 말을 어디까지 믿어도 될지 판단이 서지 않았다. 그러나 진심으로 동물을 좋아한다는 말은 아무리 생각해도 사실이었고, 미움받기 싫다는 말도 거짓으로 느껴지지 않았다.

아키는 이내, 데즈카가 자기의 비밀을 더 깊이 캐내려 하지 않는다면 괜찮지 않을까 싶은 마음이 들었다.

"아키 선생님…?"

때마침 출근하던 유키가 이상하다는 듯 쳐다보자 아키는 미소로 얼버무렸다.

"네? 정해졌어요?"

그로부터 일주일 후, 드디어 마지막 하나 남은 강아지의 입양처가 정해졌다.

진료시간이 끝난 후 산책에서 돌아온 데즈카에게 그 사실을 알리자 기쁜 듯 강아지의 몸을 쓰다듬었다. 그러나 표정은 조금 어두웠다.

"네. 정말, 좋은, 분이세요. 집이 가까워서, 종종, 산책하다가 병원에 들르시겠대요."

"그렇, 군요…."

"산책을 못 하게 돼서, 서운, 한가요?"

"그렇네요…."

생각해 보니 데즈카는 벌써 한 달 넘게 빠짐없이 동물병원에 드나들었다.

개들도 데즈카를 잘 따르는 만큼 서운한 감정이 드는 건 당연하리라.

“정말, 진짜, 완전, 도움이 됐어요. 산책은 이제 필요 없어졌지만, 언제든, 놀러 와요. 그리고, 안타까운 일이지만… 임시 보호로 오는 개는, 줄어들지 않아서….”

“그렇네요…. 고맙습니다, 사양 않고 올게요. 게다가 제가 데려온 고양이도 신경이 쓰이고요.”

“그렇, 죠. 데려갈 분을, 찾아야, 하는데.”

아키는 한숨을 쉬며 데즈카와 함께 사쿠라이 호텔에 들어갔다. 완전히 다 나은 고양이는 이미 사쿠라이 호텔 고양이 전용 구역에 지정석까지 만들어두고 자유롭게 돌아다녔다.

“이리 오렴.”

데즈카의 부름에 고양이는 마치 강아지처럼 쫄레쫄레 뛰어왔다. 데즈카는 가볍게 안아 들고는 복슬복슬한 배에 얼굴을 묻었다.

“아아~… 집에 데려가고 싶다…! 월세살이만 아니었어도….”

데즈카의 중얼거림에 아키는 그만 웃음이 터졌다.

“이해, 해요. 데려가고 싶어지죠. 이 아이도, 낫긴 했지만, 태어나자마자 영양실조에 걸렸던 탓에, 몸도, 튼튼하지 않아서….”

"그러고 보니 아키 선생님은 집에서 뭐 키우세요?"

데즈카의 갑작스러운 질문에 아키는 고개를 저었다.

"사실은 키우고, 싶은데요. 여기서 일을 시작했을 때, 사쿠라이 호텔에 있는 아이들을 우선시하자고, 결심했거든요. 지금도, 그래요. 하지만, 사쿠라이 호텔에 있는 아이들에겐, 감정 이입을 하지 않기 위해서라도, 이름을 안 지어 줬어요. 언젠가는, 떠날 거니까…. 가끔은 아주 조금, 공허하기도, 하지만요."

데즈카에게 안긴 고양이를 바라보자, 고양이는 동그란 눈으로 아키를 물끄러미 쳐다보았다.

"아키."

눈이 마주친 순간 불린 이름에 마음이 요동쳤다.

"아아…, 집에 데려가고, 싶어요…." 아키가 말했다.

"하하, 저랑 똑같은 소릴 하시네요."

아키가 쓴웃음을 짓자 데즈카는 재미있다는 듯 웃으며 입을 열었다.

"…아키 선생님, 역시 이 아이는 언젠가 제가 데려갈게요. …그러니까, 여기서 한동안 맡아주지 않으시겠어요?"

"네?!"

갑작스러운 제안이었다.

무슨 생각인지 도통 알 수가 없었다. 멍하니 있는 아키에게 데즈카는 고양이를 살며시 건넸다.

"안 될까요? 동물 키워도 되는 집을 찾을 거니까 그때까지만요. 만약 괜찮으시다면 선생님이 키우는 애라고 생각하고 마음껏 감정 이입해주세요."

아키는 이 제안이 앞으로도 계속해서 사쿠라이 병원에 드나들고 싶은 마음에 꺼낸 말이라는 걸 눈치챘다. 반려동물을 키울 수 있는 집을 찾겠다는 말도 솔직히 의심스러웠다.

하지만 보호와 이별을 반복해온 아키는 마음껏 애정을 쏟을 수 있는 존재가 생긴다는 유혹을 쉬이 떨쳐낼 수 없었다.

아키는 무의식적으로 이 아이는 몸이 약하니까, 데즈카가 데려갈 때까지만이니까, 하며 자기합리화를 했다.

"아, …알겠어요!"

기합이 잔뜩 들어간 대답에 데즈카는 다시 웃음을 터뜨렸다.

"하하, 생각보다 쉽게 허락해 주시네요."

"책임지고, 돌보겠, 습니다!"

사실은 원래부터 그러고 싶었다는 말은 도저히 하지 못한 채, 아키는 데즈카를 향해 어색하게 웃었다.

동물을 거두는 건 오랜만이었다.

만약 다시 동물과 살게 되는 날이 온다면 이거를 해 볼까, 저거를 해 볼까 등등 전부터 꿈꿔왔던 상상이 바로 날개를 펼치기 시작했다.

"그럼, …일단은 이름을 지어야겠네요."

"네!"

아키는 얼굴 가득 미소를 머금은 채 데즈카를 올려다보았다. 데즈카는 순간 놀란 듯 눈을 크게 떴다가 살갑게 웃었다.

"왜, 웃으세요?"

"아뇨…. 생각해 보니까 아키 선생님의 어색한 행동이 좀 줄었구나 싶어서요. 처음에는 되게 겁먹으신 것 같았는데, 웃어주시니 좋네요."

"…아니, 그…."

하지만 데즈카의 말에 다시 생각해 보니 요즘 들어 확실히 데즈카와 대화할 때 그리 긴장한 적이 없었다. 아마 아키가 예전부터 갖고 있던 '동물을 좋아하는 사람은 곧 착한 사람'이라는 지극히 단순한 발상 때문이리라. 너무 일차원적이지 않냐고 해도 마음이 멋대로 안심해 버리는데 어쩌란 말인가.

"아키, 선생님."

"네?"

그때 갑자기 데즈카의 분위기가 조금 변했다.

"경계하지 말고 들어주세요. …제가 개를 찾는다고 했던 말은 거짓이 아니었어요."

심장이 쿵, 하고 크게 울렸지만 아키는 필사적으로 동요를 감췄다.

"찾는다고, 한 게…."

"요전에 얘기했던 골든 리트리버요. …정말로 실종됐어요. 그렇게 저를 잘 따르던 애가 길을 잃다니, 아무리 생각해도 이상해서…. 사실은 동물행동학을 배우려고 결심한 계기도 그것 때문이에요."

"그랬, 군요."

데즈카의 이야기는 절대 거짓말이 아니다.

평소에는 남의 감정 하나 읽어내지 못하는 아키였지만, 이번에는 신기하리만큼 확신이 들었다.

"실종되고 5년이나 지났어요. 그 아이는 벌써 열 살 가까이 되었을 거고요. 그만 포기할 때도 됐는데…. 저 한심하죠?"

"한심하지 않아요!"

너무나도 강한 아키의 부정에 데즈카는 말문이 막혔다.

하지만 아키는 그 기세 그대로 데즈카의 손을 양손으로 꼬옥 잡았다.

"어, 잠깐만요, 선생님…."

"같이 찾아요! 괜찮, 아요! 저는, 찾을 수, 있어요!" 아키가 말했다.

"네?"

"…아, 저기, 그게, 예감이 그래요! 찾을 수 있을 것 같은 예감이 들어요! 엄청요!"

"하하, 고맙습니다."

데즈카는 난처한 듯 미간에 주름을 잡으며 아키의 손을 꽉 잡았다.

그리고 데즈카는 언제나처럼 아쉬운 듯 사쿠라이 호텔을 뒤돌아보며 집으로 돌아갔다.

아키는 그 뒷모습을 쳐다보며 데즈카의 개를 꼭 찾아주겠다는 결심을 굳혔다.

이리하여 사쿠라이 동물병원에는 데즈카라는 단골이, 아키의 일상에는 새끼 고양이가 추가되었다.

유키를 포함한 세 사람과 한 마리의 평온한 일상이 시작되는 순간이었다.

그리고—.

"저 사람은 정말 감정을 하나도 못 숨기는구나…. 반응하기 힘드네…."

돌아가는 길, 데즈카의 웃음 섞인 중얼거림을 아키는 듣지 못했다.

제2장

부엉이의 상사병

✚

'뭔가 비릿해….'

아침. 코끝에 닿는 비릿한 내음에 눈이 떠졌다. 이번 주 들어 벌써 두 번째다.

"흐아아아악!"

눈뜨자마자 비명을 지르는 것도 두 번째다.

비린내, 라는 말인즉….

아키의 눈앞에 생선 머리뼈가 놓여 있었다. 바로 옆에서는 고양이가 수염을 빳빳이 세우고 의기양양하게 아키를 내려다보고 있었다.

"으… 으으. 오늘도, 고, 고마워…. 대체 어디서 주워왔니…."

"냐앙."

고양이는 사랑하거나, 믿거나, 때로는 자기보다 약하다고 판단한 상대에게 선물을 하는 습성이 있다.

이럴 때 혼내면 고양이는 자존심이 상해 다시는 선물을 주지 않는다.

보호자 입장에서는 차라리 안 주는 게 고맙지만, 선물을 줄 때의 의기양양한 표정은 너무나도 귀엽고 사랑스럽다. 그 표정을 계속 보고 싶다면 그 어떤 선물이라도 고마워해야 한다. 참으로 어려운 선택이다. 아키는 망설임 없이 고마움을 표현했다.

비몽사몽간에 생선과 눈이 마주쳐도, 빨랫감이 늘어도 그 마음에 변함은 없었다.

덧붙이자면 고양이를 실내에서만 키우는 집도 많지만, 야생에서 태어나 이미 바깥세상을 알아버린 고양이의 경우 집 안에만 가둬두긴 좀 어렵다.

아키는 새끼 고양이를 맞이하자마자 현관문과 사쿠라이 호텔에 고양이 전용 출입구를 설치했다.

"메로, 오늘은 쉬는 날이니까 같이 나가자."

"냐옹."

메로는 데즈카가 지어준 고양이의 이름이다.

사랑하는 고양이와의 외출은 아키의 머릿속에서 매일 늘어만 가던 '반려동물을 맞이하게 되면 하고 싶은 일들 목록' 중

하나였다.

아키가 다니던 대학에는 농학부가 있어 대학 내에 커다란 농장이 있었다. 그래서 소와 말 등 일반 가정집에서는 키울 수 없는 종류의 동물들과 마음껏 어울릴 수 있었다. 덕분에 아키는 안장 없이 말의 맨 등에도 올라탈 수 있었다. 운동신경이 별로 없어 보였던 아키가 맨몸으로 말을 타는 모습은 대학 내에서도 화젯거리였다.

그런 아키도 재학 중에 이루지 못했던 소망이 있었다. 자기 반려동물의 목줄 고르기, 같이 산책하기 등등 아주 소소한 것들이었다.

동물에 대해 배우면 배울수록 무거운 책임감이 느껴져, 학생 신분으로 도저히 동물을 키울 결심이 서지 않았다. 그러다가 지금에 이르렀다.

그래서 자기 고양이는 아니지만 메로에게 많은 애정을 쏟고 있었다.

그리고 오늘은 메로가 온 후 처음 맞는 휴일이었다.

아키는 메로에게 빨간 리본이 달린 목줄을 채우고 가느다란 리드줄을 연결한 다음, 씩씩하게 집을 나섰다.

고양이를 안고 산책하는 모습이 제법 신기했는지 종종 쳐다보는 시선이 느껴졌다. 하지만 아키는 그런 시선을 신경 쓸 성격이 아니었다.

오히려 기다리고 기다리던 존재와의 산책은 그저 행복일 따름이었다. 발걸음은 가벼웠고 풍경도 빛나 보였다.

"부엉이, 카페…?"

마을이란 곳은 마치 살아 있는 생명체처럼 변화를 거듭한다. 번화가나 상점가는 특히나 더하다. 유행하는 가게는 순식간에 늘어나다가 인기가 식으면 바로 자취를 감춘다. 한동안 손님이 뜸하면 완전히 다른 곳으로 바뀌는 일도 흔하다.

외출을 잘 하지 않는 아키는 당연히 마을에 변화에도 둔감했다.

기치죠지는 아키가 나고 자란 곳이지만, 오랜만에 천천히 풍경을 감상하며 걷다 보니 여기저기 처음 보는 가게가 생겨 있었다.

그 가운데 '행복한 부엉이 카페'가 눈에 띄었다.

근사한 목제 간판에는 귀여운 부엉이가 코믹하게 그려져 있었다.

"부엉이가 있다는, 말이겠지…?"

메로와 눈을 마주하자, 메로는 냐옹 하고 작게 울었다.

"부, 엉이?"

"새인데, 눈이 크고, 목이 뒤로 빙글 돌아가."

"무섭다."

"으응, 안 무서워. 행복을 부른다는, 말이 있어."

간판을 빤히 쳐다보던 아키는 점점 들어가고 싶어졌다.

고양이 카페라면 몰라도 부엉이 카페가 다 있다니. 안 그래도 시대의 흐름에 느린 아키가 알 턱이 없었다.

문득 한참 전에 유키가 해준 말이 떠올랐다.

'세상에는 이미 토끼 카페나 파충류 카페 등, 다양한 동물들을 만날 수 있는 곳이 늘고 있어요.'

호기심이 동한 아키는 입구에서 오랫동안 서 있었다.

들어가 볼까 싶다가도 사람과 소통하기 힘들어하는 아키에게 낯선 장소에 들어가기란 꽤나 어려운 일이었다. 게다가 오늘은 메로도 있다.

결국 단념하고 자리를 뜨려던 그때였다.

"안녕하세요."

입구가 열리며 안에서 친절해 보이는 여자가 얼굴을 내밀었다.

나이는 사십 전후쯤 될까. 머리는 하나로 묶었고, 셔츠와 청바지라는 평범한 복장에 '행복한 부엉이 카페'라고 쓰인 앞치마를 두르고 있었다.

"아…."

갑자기 건넨 인사에 놀란 아키는 얼어버렸다. 근무 중일 때면 모를까, 사적인 자리에서는 처음 본 사람을 마주하면 머릿속이 새하얘지곤 했다.

하지만 여자는 아키의 오버스러운 반응에도 개의치 않고 빙긋 웃었다.

“망설이시는 것 같길래 나와봤어요.”

“어…, 음, 어어.”

“놀라게 해드려서 죄송해요. 오픈한 지 얼마 안 돼서 손님이 별로 없어요. 그래서 저도 모르게 그만.”

아키는 고개를 도리도리 저었다. 그리고 천천히 숨을 고르며 마음을 진정시켰다.

“저야, 말로, 계속, 쳐다봐서… 죄송, 해요.”

“아뇨. 어머, 귀여운 고양이네요.”

여자는 아키 곁에 다가와 메로의 목덜미를 살며시 쓰다듬었다.

그 손길이 어찌나 다정한지, 동물에게 익숙한 사람이구나 싶었다. 메로도 안심한 듯 눈을 가늘게 떴다.

“저기, 이 아이는, 메로라고 해요. 저는, 사쿠라이 아키, 고요. 이 근처에서, 일해요….”

“어머, 그러세요? 죄송해요. 너무 귀여우셔서 학생인 줄 알았어요. 저는 이 가게 주인인 미즈하라 사와라고 해요. 혹시 괜찮으시면 들렀다 가실래요? 놀라게 한 사과의 의미로 초대할게요.”

"별말씀을요! …게다가, 오늘은, 메로가 있어서."

"오늘은 특별히 메로도 괜찮아요. 사실 지금 있는 부엉이 중 절반은 어렸을 때부터 저희 집에서 개랑 고양이랑 같이 자랐거든요. 오늘은 그 친구들만 보여드릴게요. 그런데 부엉이가 생각보다 커서요. 오히려 메로가 무서워하려나?"

"어…."

사와는 대화를 정말 좋아하는 듯, 순식간에 아키를 제 페이스에 끌어들였다.

해맑은 사와의 모습에 호감을 느낀 아키는 메로의 눈치를 살폈다.

"부엉, 이."

메로의 눈이 반짝반짝 빛나며 호기심에 차 있었다.

이러면 이제 망설일 이유는 하나도 없지.

"조금만, 실례, 해도…."

"그럼요! 들어오세요!"

사와가 현관문을 활짝 열자마자 나무 내음이 물씬 풍겼다. 새로 지은 집을 연상케 하는 상쾌한 향기였다.

아키가 깊숙이 숨을 들이마시자 사와는 재미있다는 듯 웃었다.

"외관은 낡았지만 내부는 리모델링을 했어요."

"이 냄새, 저도 좋아해요."

복도를 조금 걷자 커다란 나무문이 나왔다. 그곳에는 '만남의 방'이라고 적힌 간판이 걸려 있었고, 작은 서랍 위에 '소독 부탁합니다'라는 주의사항이 적힌 소독용 스프레이가 놓여 있었다.

아키가 손을 소독하자 기다리던 사와가 흐뭇하게 문을 열었다. 그러자—.

"우와……."

방 안 풍경에 아키는 저도 모르게 탄성을 질렀다. 수많은 식물이 놓인 모습이, 마치 숲속 같은 방이었다. 창문으로 쏟아져 들어오는 자연광을 나뭇잎이 적당히 가려주어 실내는 은은하게 밝았다.

다만 곳곳에 나무로 된 멋진 횃대가 설치되어 있을 뿐, 정작 부엉이는 아무 데도 없었다.

사와는 방 안쪽까지 가더니 막다른 곳의 문을 열며 뒤를 돌아보았다.

"고양이를 안 무서워하는 아이들로 데리고 올 테니까 기다려주세요."

"네, 네. 고맙습니다."

관람실과 사육실은 따로겠지. 아키는 수긍했다.

얼마 지나지 않아 사와는 큰 부엉이 두 마리와 아주 작은 부엉이 한 마리, 다해서 세 마리를 팔에 앉힌 채 돌아왔다.

"우와…! 생각보다, 커요…."

아키는 놀란 표정으로 세 마리를 차례로 쳐다보았다. 모두 다른 종인 듯, 저마다 특징적인 외모를 뽐냈다. 갑자기 흥미가 솟구친 아키의 눈빛이 반짝반짝하자 사와는 부엉이들을 횃대에 내려놓으며 설명을 해주었다.

"여기 제일 큰 친구는 큰회색올빼미고 이름은 '루나'예요. 얼굴은 좀 무섭게 생겼지만 사람을 아주 좋아하죠."

처음으로 소개받은 큰회색올빼미는 회색과 검은색이 섞인 날개로 몸을 감싸고 있었다. 몸길이가 60cm쯤 되는 큰 올빼미였다. 얼굴은 둥글고 컸으며 특유의 검은 무늬 때문에 얼핏 무서워 보이기도 했다.

하지만 아키를 본 순간 고개를 갸우뚱거리는 모습은 너무나 사랑스러웠다.

"그리고 여기 이 친구는 벵갈수리부엉이인 '아르브'예요. 올빼미와 부엉이는 같은 동물이지만 머리에 귀깃이라 불리는 깃털이 있는 애가 부엉이예요. 딱 보면 귀깃이 귀처럼 보이지요. 그래서 아르브는 부엉이랍니다. 외모부터가 나 부엉이예요~ 싶죠? 아주 영리하고 얌전한 애예요."

벵갈수리부엉이는 갈색 반점이 눈에 띄고 큰회색올빼미보다 조금 작았다. 큼직한 검은 눈동자에 흰자 부분은 깊은 호박색이었다. 넋을 잃고 쳐다볼 정도로 아름다운 눈이었다.

"마지막 친구는 소쩍새인 '샐리'예요. 많이 작죠? 아직 신입이지만 아주 당차답니다."

"귀여, 워요…."

마지막으로 소개된 친구는 마치 아직 새끼가 아닌가 싶을 정도로 작고 보송보송한 털로 뒤덮여 있었다. 까만 눈동자로 아키와 메로를 번갈아 쳐다보았다.

"종류가, 정말 많네요…. 몰랐어요."

"그렇죠. 올빼미나 부엉이는 종류가 참 많아요. 그렇다고는 해도 맹금류라 사육에 적합한 친구가 거의 없긴 하지만요. 괜찮으시면 만져볼래요? 발톱이 날카롭긴 한데 거기 있는 가죽 장갑을 끼면 괜찮아요."

"아, 네!"

아키가 가죽 장갑을 끼자 사와는 바로 소쩍새 샐리를 손목에 살짝 앉혀주었다.

발톱의 촉감과 함께 전해지는 약간의 무게에 아키는 저도 모르게 탄성을 내뱉었다.

메로도 경계 없이 아키의 어깨에서 흥미롭게 지켜보았다.

"하루 종일이라도, 볼 수 있을 것, 같아요…."

"그거 다행이네요."

아키는 부엉이들과 어울릴 수 있다는 사실이 너무나도 만족스러웠다. 그때 갑자기 사와의 핸드폰이 울렸다.

"어머, 죄송해요. 잠깐 전화 좀 받고 올 테니까 편하게 보세요! 다들 얌전하니까요!"

사와는 황급히 방을 나섰다. 방에는 아키와 메로와 부엉이들만 남았다.

아키는 동요하면서도 여기에 온 순간부터 계속 끓어오르던 흥미를 이기지 못한 채 손 위에 앉은 샐리의 눈을 바라보았다.

"안녕…."

살며시 말을 걸자 샐리는 아키를 슬쩍 올려다보았다. 그러나.

"밥."

"어?"

"밥."

"밥…."

"밥."

"……."

샐리의 머릿속에는 먹이 생각뿐인 모양이었다. 아키의 어깨에 올라탄 메로가 기막히다는 듯 냐옹 하고 울었다.

아키는 포기하지 않고 큰회색올빼미 루나의 눈을 바라보았다.

촉촉하게 젖은 눈이 의미심장하게 아키를 쳐다보았다. 하지만….

"곤충."

"응?"

"곤충, 먹고, 싶어."

"……."

샐리와 똑같이 루나도 머릿속에는 그저 먹이 생각뿐이었다.

그러나 이건 특별한 경우가 아니다. 아키의 경험상 사람이 키우는 동물의 대다수는 기본적으로 태평한 경향이 있다.

"역시, 그렇겠지…."

아키는 쓴웃음을 지으면서도 마지막으로 벵갈수리부엉이인 아르브의 눈을 쳐다보았다. 깊은 호박색 눈이 아키를 물끄러미 바라보았다. 그러자—.

"보, 고…, 싶, 어."

뜻밖의 말이 불쑥 튀어나왔다.

"보고, 싶…? …보고, 싶다고?"

아르브는 꼼짝도 하지 않은 채 아키를 빤히 바라보았다.

"누굴…?"

아키의 질문에 아르브는 횃대 위에서 폴짝폴짝 뛰며 아키에게 다가왔다. 아키도 마치 홀린 듯 아르브 곁으로 다가섰다.

갑자기 아르브의 머릿속에 별이 가득한 밤하늘의 풍경이

펼쳐졌다.

마치 밤하늘을 나는 듯, 둥실둥실 떠다니는 느낌도 들었다.

'어…?'

아키는 깜짝 놀라 눈을 떴다.

동물의 머릿속 이미지를 보는 건 흔한 일이었다. 아키가 놀란 이유는 따로 있었다. 실내에서 지내는 아르브가 자유롭게 밤하늘을 날아다니는 모습은 아무리 생각해도 이상했다.

"어떻게, 된 일…?"

"보고, 싶어."

"밤에는, 계속, 집에 있는 거… 맞지?"

"좋아, 해."

"조… 좋아, 한다고…?!"

말만 들으면 마치 사랑에 빠진 소년 같았다.

아르브는 천천히 눈을 깜빡이며 그저 물끄러미 아키를 쳐다볼 뿐이었다.

아키는 아르브가 무슨 생각을 하는지 더 알고 싶어 가까이 얼굴을 들이댔다. 그러나….

"죄송해요, 전화가 길어져서."

그때 사와가 방으로 돌아왔다.

아르브는 아무 일도 없었다는 듯 고개를 까딱거렸다.

"아, 사와, 씨…."

"어때요? 마음에 들었어요?"

"아, 네! 귀여, 워요."

"다행이네요. 언제든지 또 와요."

"네! 꼭, 올게요. …저기."

"네?"

"…아, 아니에요."

순간 아르브에 대해 물어볼까 싶었지만 좋은 질문이 떠오르지 않아 입을 다물었다. 가뜩이나 의사소통에 젬병인 아키였다. 자연스럽게 은근슬쩍 말을 꺼낼 재주가 있을 리 만무했다.

아키는 부엉이들과 실컷 놀다가 메로와 함께 카페를 나섰다.

힐링 공간을 발견해서 기뻤지만, 아르브의 말이 계속해서 마음에 걸렸다.

"웬일이에요. 그렇게 멋진 카페가 오픈한 줄은 몰랐네요. 그런데 아키 선생님, 부엉이는 눈을 안 움직인다는 거 알고 계세요? 부엉이의 안구는 고정되어 있어서 좌우로 움직이지 못한대요. 그 대신 목이 270도로 회전해서 시야가 좋아요. 그래서 몰래 엿보는 건 불가능하죠. 항상 앞만 보는 거예요."

다음 날, 부엉이 카페에 갔던 이야기를 하자 유키는 눈빛을 반짝이며 몸을 바짝 내밀고는 아키에게 부엉이에 대해 일장 연설을 했다.

"그, 그렇구나. 역시, 유키는 잘 아네. 유키네 집에도, 있어?"

"당연하죠. 정확히 말하자면 일반적인 부엉이랑은 다르지만요. 저희 집에는 원숭이올빼미과의 오리엔탈 베이 부엉이가 있어요."

"원숭이올빼미과의, 오리엔탈 베이 부엉이…?"

"네. 재미있는 이름이죠? 하트 모양의 얼굴에 동그란 눈동자가 사랑스러워요. 하지만 곤충이나 작은 먹잇감을 꿀떡꿀떡 잘 먹는 씩씩한 아이랍니다. 발톱이 위험해서 데려오지는 못하지만, 언젠가 소개해 드릴게요."

"으, 응…."

"부엉이는 세계적으로도 행운을 불러오는 동물로 취급받죠. 일본에서도 예로부터 '복이 온다'며 재수가 좋은 동물로 여겨왔어요. 확실히 겉모습부터 신비롭기도 하고요."

유키의 이야기는 끝나지 않았다. 동물에 대해서는 기본적으로 늘 이랬지만 흥미로운 내용이 많아 아키는 늘 시간이 허락하는 한 귀담아듣곤 했다.

"마음에 드는 암컷을 발견하면 구애 행동을 해요. 조류는 특징적인 구애 행동을 하는 종이 많은데, 부엉이는 선물 공격을 하는 친구가 많은 것 같아요."

"뭔가, 흐뭇한 공격이네."

"네. 사람의 연애 감정이랑은 다를지도 모르지만, 멋지다고 생각해요."

선물 공격이라는 말에 아키는 가장 먼저 메로가 가끔 갖다 주는 선물을 떠올렸다.

볼 때는 충격적이지만 선물이라고 생각하면 마음이 간질간질해진다.

"…아. 슬슬 진료 시작할 시간이네요. 얘기가 그만 길어졌어요. 아키 선생님, 준비하세요."

"아, 응."

문득 고개를 들자 유키의 말마따나 곧 진료를 볼 시간이었다. 자리에서 일어나 메로를 사쿠라이 호텔에 데려다 놓으려는데 접수처에서 유키의 목소리가 작게 들렸다.

손님이 빨리도 왔구나. 아키는 메로를 캣타워에 올려놓고 허둥지둥 진찰실로 돌아갔다. 그리고 흘끗 접수처를 엿보았다.

"어라…?"

"엇…."

눈이 마주친 사람은 부엉이 카페 주인인 사와였다.

사와는 꽤나 놀랐는지 입을 쩍 벌린 채 아키를 쳐다보았다.

"당신은, 어제…."

"사와, 씨."

"수의사 선생님이셨어요…?!"

애당초 아키를 학생이라고 착각했을 정도니 사와가 놀라는 것도 무리는 아니었다. 아키도 아키대로 몹시 부끄러워 놀라는 사와 앞에서 눈을 데굴데굴 굴렸다.

그러자 사와가 미안하다는 듯 눈꼬리를 내리며 웃었다.

"죄송해요, 실례되는 뜻으로 놀란 게 아니라…. 귀여운 여학생이라는 인상이 강했거든요…. 의사 선생님이셨다니, 너무 멋져서 놀랐어요."

"아, 아뇨. 전혀……!"

"그렇죠? 아키 선생님은 보기엔 꼭 소녀 같지만 아주 솜씨 좋은 수의사 선생님이시랍니다. 안심하고 맡겨주세요."

유키가 아무렇지 않게 끼어들자 사와는 재미있다는 듯 웃음을 터뜨렸다. 더 부끄러워진 아키는 그 자리를 모면하려는 듯 허둥지둥 사와를 진찰실로 안내했다.

사와는 바로 두 달 전에 부엉이 카페 오픈을 계기로 두 정거장 떨어진 오기쿠보에서 기치죠지로 이사를 왔다고 한다.

수많은 부엉이는 전문 의사에게 정기 검진을 받고 있다고 한다. 오늘 데려온 친구는 부엉이가 아니라 사와가 키우는 고양이었다. 옅은 회색빛의 셀커크 렉스로 이름은 '네로'였다.

셀커크 렉스는 파마를 한 듯한 털이 돋보이는 희귀종이다. 아기 때는 꼬불꼬불한 털에 감싸여 마치 인형 같은 귀여움을 뽐낸다. 그러다가 커가면서 점점 목둘레와 꼬리 쪽이 포슬포슬하고 두툼한 털로 뒤덮인다. 기품 넘치는 우아한 고양이지만 온순한 성격에 사람을 아주 좋아한다.

"태어난 지 딱 석 달 정도 돼서 건강진단을 받아야겠다 싶었거든요. 이 친구 주치의도 찾아야지 하던 참인데… 너무 잘됐어요. 아키 선생님, 잘 부탁드릴게요."

"네…! 당연, 하죠!"

의욕이 넘친 아키는 몇 번이나 고개를 끄덕였다. 그러나 너무 당황한 나머지 팔로 펜꽂이를 치는 바람에 펜이 책상 위로 우르르 흩어졌다. 평소에는 어떻게든 업무용 모드로 잘 전환하곤 했는데 아는 사람이 오면 그마저도 쉽지 않았다.

"죄송, 해요…. 이래서야, 걱정이, 되시겠죠…?"

불안해져 사와를 쳐다보자 사와는 따뜻한 미소를 지으며 고개를 가로저었다.

"그렇지 않아요. 동물에게 애정이 깊은 분이라는 걸 이미 잘 알아서, 오히려 안심인 걸요. 그 뭐냐, 고양이한테 리드줄을 채워 산책하는 사람은 드물잖아요?"

"그, 그건…."

창피해진 아키가 고개를 떨구자 사와가 웃었다.

그리고 겨우 진료가 시작됐다.

일반적인 건강검진의 경우, 딱히 보호자의 동반을 금하지 않았다. 사쿠라이 동물병원의 건강검진 기본 코스는 신체측정과 혈액검사뿐이다. 때문에 건강검진 전부터 상태가 좋지 않았다거나, 별다른 이상이 없는 경우는 보호자도 함께 치료실에 들어간다.

아키는 솔직히 보기 드문 종인 셀커크 렉스와 이야기를 해 보고 싶었지만 그건 다음 기회로 미루자고 스스로를 타이르고는 사와를 치료실로 안내했다.

그리고 진찰 과정에서 이상이 없는 것을 확인한 다음, 처치대에 네로를 눕히고 뒷다리 안쪽에서 빠르게 채혈을 했다.

평소에는 동물들을 설득하느라 애를 먹었지만, 대화만 하지 않으면 아키에게 채혈은 그리 어려운 일이 아니었다.

순식간에 끝난 채혈에 잠자코 지켜보던 사와는 감탄했다.

"굉장하시네요. 아까도 말씀드렸지만, 진짜 멋있으세요."

"기본, 이니까요…. 이 정도는."

"그러시겠네요. 자꾸 어제 눈을 반짝이시던 모습이 떠올라서 그만."

이런 식으로 추켜올려주는 말을 평소에 거의 들은 적이 없다시피 한 아키는 어쩔 줄 몰라 하며 새빨개진 얼굴을 푹 숙였다.

"하, 하지 마세요…. 창피, 해요."

그리고 사와를 다시 진찰실로 안내한 아키는 헛기침을 하며 마음을 가다듬었다.

"이상도 없고요, 건강하게 잘, 크는 걸로, 보여요. 혈액검사 결과는, 일주일 정도 기다려, 주세요."

"네. 고맙습니다, 아키 선생님."

만족스러운 듯 빙그레 웃는 사와의 미소에 아키는 안도의 한숨을 내쉬었다. 이로써 정기 검진은 끝났다. 그러나 아키가 대기실로 통하는 문을 열려던 바로 그때였다.

"저기, 아키 선생님."

"네?"

갑자기 사와가 입을 열었다.

"저희 부엉이들 일로 상의를 좀 드릴 수 있을까요? 요즘에 종종 이상한 일이 있어서요."

"이상한 일…, 이요?"

"네. …부엉이들 방에 쥐랑 죽은 벌레가 떨어져 있을 때가 있어요. 우린 쥐를 먹이로 주지 않거든요. 어쩐지 오싹해요. 오래된 집이라 어디서 몰래 들어왔나 싶고…."

"쥐…. 부엉이들이 쥐를 잡았다는, 건가요?"

"하지만 밤에는 케이지 안에 들여놓으니까 행여나 쥐가 나와도 잡을 일이 없거든요."

아키는 고개를 갸웃거렸다.

문득 아르브가 떠올렸던 밤하늘 풍경이 생각났다.

"밤하늘…."

"네?"

"아, 아니에요."

엉겁결에 혼잣말을 내뱉은 아키는 다급하게 고개를 가로저었다.

그러자 사와가 난감하다는 듯한 미소를 지으며 자리에서 일어섰다.

"아실 리가 없죠, 죄송해요. 무서워서 누구한테라도 이야기하고 싶었어요. 너무 신경 쓰지 마세요."

"네, 사와, 씨."

"그럼 앞으로 저희 집 아이들을 또 데리고 올 테니 잘 부탁드려요, 아키 선생님. 고양이가 두 마리 더 있거든요."

"네…!"

그리고 사와는 진찰실을 나섰다. 아키는 고개 숙여 인사하며 사와를 배웅했다.

그러나 머릿속에 떠오른 이상한 느낌은 좀처럼 해소될 기미가 없었다.

아르브의 밤하늘과 죽은 쥐.

확증은 없었지만, 서로 연관되어 있을 거란 생각이 떠나지 않았다.

그날 밤, 병원 문을 닫은 아키는 신경이 쓰여 메로를 데리고 다시 부엉이 카페 근처로 향했다.

자꾸 두리번거리는 아키를 지나가는 사람이 수상하다는 눈길로 쳐다보았다. 아키는 메로를 안은 팔에 힘을 주었다.

'이래선, 그냥, 수상한 사람이잖아….'

신고라도 당할까 싶어 아키는 몸을 돌려 가던 길을 바꿨다. 바로 그때였다.

"아키 선생님?"

"꺄악!"

바로 앞에서 누군가 이름을 불렀다. 깜짝 놀란 아키는 바르르 몸을 떨었다.

"꺄, 이라니…. 여기서 뭐 하세요?"

"어, 아, 응…?"

그곳엔 데즈카가 서 있었다.

학교가 바빠졌다는 이야기를 들은 게 열흘쯤 전이었다. 그리 오래 못 본 것도 아닌데 아키는 허둥지둥거리며 데즈카를 쳐다보았다.

"저기요. 고작 열흘 만에 이렇게 낯을 가리시면 좀 상처인데요."

"아, 아니에요…. 노, 노, 놀…."

"놀라서 그러셨구나. 앗, 메로. 이리 와."

버벅거리는 아키를 대하는 데 익숙한 데즈카는 가볍게 상황을 넘기고는 아키의 팔에서 메로를 안아들었다.

"데즈, 카. 여긴, 왜?"

"바쁜 게 좀 일단락돼서 아키 선생님네 병원에 가려던 참이었어요."

"그, 그랬……, 군요."

"진료시간이 끝나서 인터폰을 누를까 말까 고민했는데 만나서 다행이에요. 아키 선생님은 뭐 하고 계셨어요?"

"네?! 아, 아무것도, 전혀."

"…진짜 거짓말 못 하시네요."

데즈카는 쓴웃음을 지으며 사랑스럽다는 듯 메로를 쓰다듬었다.

아키가 끝까지 고개를 가로저으며 필사적으로 얼버무리려고 애쓰던 그때였다.

조용한 적막 속에서 갑자기 찰칵, 하는 작은 소리가 울려 퍼졌다.

아키와 데즈카는 동시에 소리가 나는 곳을 찾아 두리번거렸다. 그러자 이번에는 드륵, 드르륵 하는 명확한 소리가 울렸다.

"아키 선생님, …저기."

데즈카가 가리킨 곳은 부엉이 카페 창문이었다.

위치상 대강 만남의 방 안쪽, 부엉이들의 케이지가 있는 방이었다. 순간 사와가 고개를 내미는 줄 알고 당황했지만, 천천히 열린 창문에서 모습을 드러낸 건 벵갈수리부엉이인 아르브였다.

"우와…, 부엉이네요…!"

"앗, 아, 아르브…."

저도 모르게 이름을 불러버린 아키는 황급히 손으로 입을 가렸지만 이미 때는 늦었다. 데즈카는 놀라며 아키를 쳐다보았다.

"아키 선생님. 저 부엉이, 아세요?"

"어, 아, 아뇨, 전혀."

"그러니까 거짓말 진짜 못 하신다니까요…."

그러는 사이, 창문을 쏘옥 빠져나간 아르브는 커다란 날개를 펼치더니 소리도 없이 밤하늘로 날아가 버렸다.

아키는 그 뒷모습을 지켜볼 뿐, 다른 도리가 없어 멍하니 서 있었다.

"도, 도망, 갔다…."

"아르브요?"

"네, 네…."

"거봐요, 아는 부엉이 맞네."

"앗!"

그만 실토해 버린 아키는 깜짝 놀라 부르르 떨었다.

나 원 참. 데즈카는 한숨을 쉬며 아키의 어깨를 살며시 토닥였다.

"뭔가 사정이 있어 보이시네요. 그런데 제가 보니까 저 친구, 도망치는 폼이 아주 익숙한데요? 분명히 다시 몰래 돌아올 것 같아요. 직접 문을 열다니, 부엉이는 진짜 똑똑하군요."

"도망, 익숙…."

도망친 줄 알고 안절부절못하던 아키는 데즈카의 말에 조금 진정을 되찾았다.

그리고 아키의 궁금증 중 하나가 풀렸다.

'그 밤하늘은 역시 아르브가 본 풍경이었구나.'

밤에 풀어놓을 리가 없을 아르브가 그 풍경을 어떻게 보았는지, 아키는 바로 눈앞에서 목격했다.

한참 동안 밤하늘을 쳐다보며 생각에 잠겨 있는데, 데즈카가 입을 열었다.

"그렇구나. 여기 부엉이 카페군요? 몰랐어요. …혹시 여기 자주 오세요?"

"아, 아뇨. …따, 딱 한 번."

"카페 주인분께 애가 도망쳤다고 알려드리는 게 좋겠어요."

"…그렇죠, 그런, 데."

아키는 고개를 푹 숙였다.

상식적으로 생각하면 당연히 데즈카의 말이 맞다.

그러나 사와에게 알려주면 이제 도망칠 수 없도록 케이지와 창문의 잠금장치를 더 강화할 게 뻔했다. 어떤 보호자든 그러겠지.

하지만 밤이면 밤마다 빠져나가는 이유도 모른 채 도망칠 구멍만 막아버리는 건 아르브에게 못 할 짓 같았다. …그래도.

'이유가 있으니 못 본 척해달라는 말을 어떻게 해야할지….'

아키는 사와를 설득할 방법을 고민해봤지만 당연히 떠오르지 않았다. 사와가 동물과 교감하는 따뜻한 사람이라는 건 알았지만 '아르브한테도 이유가 있어요.'라는 말을 하면 어이없어할 게 뻔했다.

"아키 선생님? 알려드려야죠?"

"으음, …다, 다음에요."

"다음이라고요? 아무리 그래도 그건 너무 태평하신 것 아니에요?"

"저기, 그치만, 사정이, 좀."

"사정이요?"

"……."

사와뿐 아니라 데즈카에게도 설명할 도리가 없기는 마찬가지였다. 반쯤 패닉에 빠져 억지로 얼버무리려는데 데즈카가 못 참겠다는 듯 웃음을 터뜨렸다.

"데즈카, 왜…."

"아, 죄송해요. 뭘 자꾸 죽자사자 숨기시려는 모습에 좀 놀려봤어요."

"놀려…."

아키는 데즈카를 노려보았다. 데즈카의 눈썹이 미안하다는 듯 아래로 처졌다.

"죄송해요. 이건 그냥 제 예상인데, 아키 선생님은 카페 주인께 알려드리기 전에 아르브가 왜 빠져나가는지 이유를 알고 싶으신 거죠?"

"네?"

갑자기 정곡을 찔린 아키는 눈을 동그랗게 떴다. 맞아, 정답이야! 라고 말하는 듯한 그 눈빛에 데즈카는 또다시 웃음을 터뜨렸다.

"아키 선생님은 뭐든 동물이 우선이라 그럴 줄 알았어요."

"…마, 맞아요."

게다가 데즈카의 예상은 아키가 설명하기 힘든 부분, 즉 동물과 말을 할 수 있어서 생겨나는 부자연스러움을 일절 건드리지 않았다. '동물 우선이라 그럴 줄 알았다.' 어떤 의미로는 단순했지만 아키에겐 몹시 유리한 말이었다.

망설이면서도 고개를 끄덕이자 데즈카는 미소를 지으며 말했다.

"그럼 이유를 찾아볼까요?"

당돌하고 간결한 제안이었다.

"찾는다니, 말이 쉽죠…."

"쫓아가보는 건 어때요?"

"부엉이, 를요?"

"네."

날아가는 새를 쫓아가기란 하늘의 별 따기다. 생태 연구의 경우는 GPS를 달기도 하지만 아무리 그래도 남의 새한테 마음대로 그럴 수는 없었다.

하지만 데즈카는 아주 당연하다는 듯 고개를 끄덕였다.

"아키 선생님의 예상대로 혹시 이유가 있는 거라면, 아르브에겐 뚜렷한 목적지가 있을 거예요. 그러니까 쫓아가다가 놓친 곳에서 기다렸다가 다음날 다시 쫓아가면서 조금씩 행선지를 추려 나가면 어떨까 싶어서요. …뭐, 원시적인 방법이긴 하지만요. 다행히 부엉이는 그렇게 높이 날지 않아요. 철새도 아닌 데다가 숲속에서 먹이를 찾을 수 있을 정도의 비행 능력만 있으면 충분하거든요."

"자, 잘, 아네요."

"그야 동물이 너무 좋아서 마음을 읽는 연구를 할 정도니까요. 단, 한 가지 문제가 있어요."

"문제요?"

"부엉이는 날 때 날갯짓 소리가 전혀 안 나요. …밤이라 애가 보일지 모르겠네요."

그 말에 아키는 부엉이 카페 창문에서 날아오르던 아르브의 모습을 떠올렸다. 분명 소리 하나 없이 밤하늘로 사라져가던 모습은 무척이나 환상적이었다.

당연히 아키의 시력으로는 도저히 안 되겠지만, 메로라면 동물의 기척을 민감하게 느낄 것이다.

"그거라면, 아마, 괜찮을 거예요."

"네?"

"아…, 저기…, 그, 뭐랄까, 그렇지! 저, 버드워칭이, 특기거든요." 아키가 말했다.

"버드워칭이요?"

"…네."

아무리 그래도 이건 좀 무리였나. 동공이 흔들리는 아키에게 데즈카는 의외로 순순히 고개를 끄덕였다.

"그렇군요. 그럼 괜찮겠네요. 좋네요, 버드워칭. 저도 다음에는 꼭 데려가 주세요."

"네? …네, 네…!"

한시라도 빨리 버드워칭에 대해 알아봐야겠다고 초조해하

는 아키를 보며 데즈카는 개구지게 웃었다.

어쨌든 이리하여 아르브의 추적 계획이 시작되었다.

다음날, 데즈카는 딱 진료가 끝날 시간에 맞춰 병원에 나타났다. 메로를 안고 병원 밖으로 나서자 데즈카가 미소를 지었다.

"메로도 같이 가는군요."

"아! 그, 왜냐하면…, 같이, 있고, 싶어서요."

"저야 좋죠."

아키는 황급히 입을 다물었다. 메로가 없으면 아르브의 기척을 못 알아챌지도 모른다고 털어놓을 것만 같아서였다.

데즈카는 메로를 살포시 받아들고는 부드럽게 등을 쓰다듬었다.

"데즈카."

데즈카에겐 들리지 않았지만, 메로는 행복한 듯 그의 이름을 불렀다.

사람 둘과 고양이 하나는 그렇게 부엉이 카페로 향했다.

도착하니 밤 여덟 시 반이었다. 어제 아르브가 빠져나간 시간은 아홉 시가 조금 안 된 때였다. 만약 습관적인 탈출이라면 곧 나올 시간이다.

조용한 주택가에서 아키와 데즈카는 가만히 때를 기다렸다.

작게 드르륵 소리가 나더니 창문이 열렸다. 그리고 좁은 틈새로 아르브가 얼굴을 내밀었다.

"아키 선생님."

"네, 네…!"

그리고 크게 날개를 퍼덕이더니 소리 없이 하늘로 날아올랐다.

아키와 데즈카는 시선을 교환하고는 그 뒤를 쫓았다.

데즈카의 말대로 아르브는 그리 높게 날지 않았다. 그러나 속도가 제법 빨랐다. 아키는 놓치겠다 싶을 때마다 메로의 시선을 확인하며 아르브의 모습을 포착하고 뒤쫓아갔다.

"보통 시속 30km 정도의 속도로 이동하는데, 사냥감을 노릴 땐 80km까지도 속력을 낸대요. 아까 알아봤어요."

"80km면, 못, 쫓아가겠네요."

"지금은 그렇게 빠르진 않아서 조금 더 따라가 볼 수 있을 것 같아요. 아키 선생님이 잘 포착해주신 덕도 있고요."

"그, 그건, 뭐."

"역시 아키 선생님. …그건 그렇고, 재 아무래도 오기쿠보 쪽으로 가는 것 같은데요?"

"오기, 쿠보요?"

오기쿠보는 기치죠지 동쪽에 있다. 분명 아르브는 동쪽으로 향하고 있었다. 오기쿠보에서 이사 왔다는 사와의 말이 떠올랐다.

'고향에, 돌아가고 있어…?'

그 예상이 맞을 거라는 느낌이 들었다. 어쩌면 태어난 곳에 아르브가 좋아하던 장소가 있을지도 모른다. 그러다 아키는 문득 아르브가 했던 말이 떠올랐다.

'보고 싶어.'

'좋아.'

"누굴, 보러, 가는 걸지도, 몰라요."

"누굴 보러요?"

"네. …아르브는 원래, 오기쿠보에, 살았거든요."

"그렇군요. 하지만 누구를 보러 가는 걸까요…?"

데즈카는 고개를 갸웃거렸다. 설령 그 말이 맞다고 해도 상대방은 얼마나 놀랄까. 사람 손에서 자란 부엉이가 마음대로 돌아다니고 있으니 말이다.

"보통은 주인에게 연락을, 하겠죠?"

"저라면 그러겠지만…."

궁금증은 깊어만 갈 따름이었다. 설상가상 아르브를 500m도 채 쫓지 못하고 놓쳐 버렸다.

메로의 시선도 갈팡질팡했다. 더 추적하기란 불가능이었다.

어느 쪽이든 체력이 한계에 다다른 두 사람은 잠시 멈춰 서서 숨을 가다듬었다.

"내일은 여기서부터 쫓아가 보죠. 오기쿠보 쪽인 건 확실해 보이니 길도 확인해 둘게요."

"고마, 워요."

그리고 둘은 함께 사쿠라이 병원으로 돌아간 후, 다음날 만날 약속을 하고 해산했다.

다음날 밤, 둘은 어제 아르브를 놓친 곳에서 기다렸다.

깜깜한 어둠 속에서 소리 없이 나는 아르브를 찾을 수 있을지 불안했지만, 아키의 상상대로 메로가 한발 빨리 반응했다.

"아키."

메로는 귀를 움찔거리는가 싶더니 아키의 팔에서 어깨로 기어올라 하늘을 쳐다보았다. 그러자 그 순간, 아르브가 밤하늘을 스윽 가로질러 갔다.

"데즈, 카."

"봤어요! 쫓아가죠!"

둘은 필사적으로 아르브를 뒤쫓았다. 그러나 또 500~600미터쯤에서 놓쳤다.

이런 날이 닷새 동안 계속되었다.

"오기쿠보가 목적지인 줄 알았는데 사실은 요코하마라면, 저희 추적은 한동안 끝이 안 나겠는데요."

"으으…. 그건, 곤란해요."

"하지만 가능성은 있죠."

닷새나 걸려 도착한 곳은 서오기쿠보와 오기쿠보 중간 지점이었다. 만약 데즈카의 말이 사실이라 치면, 하루에 쫓아갈 수 있는 거리를 생각했을 때 상당한 장기 계획이 된다.

더 좋은 방법이 있지 않을까 하는 생각이 스멀스멀 올라오던 엿새째. 마침내 아르브는 오기쿠보 모처에서 날개를 접었다.

"아르브가 멈췄어요."

"공원…?"

"그렇네요. 많이 작은 공원인데, 이런 데에 뭐가 있어서?"

아르브는 공원 전망대의 예쁘장한 삼각형 지붕 꼭대기에 오도카니 앉은 채 한쪽을 물끄러미 쳐다보았다.

아키는 살며시 다가가 전망대 주위의 화단을 타고 지붕으로 올라가려 해보았다.

하지만 기둥이 미끄러워 도저히 올라갈 방법이 없어 보였다.

그 모습을 데즈카가 어이없다는 듯 바라보았다.

"설마 올라가시게요…?"

"네, 네. 뭘 보는지, 궁금해서요."

"아키 선생님, 은근히 몸으로 때우는 타입이시네요…."

갑자기 창피함이 몰려왔지만, 아키는 멈추지 않았다. 주위를 두리번거리며 받침대가 될 만한 것이 없는지 찾아보았다.

그러자 데즈카가 재미있다는 듯 웃었다.

"그럼 제가 목말 태워드릴게요. 위험하기도 해서 탈 거면 제가 타는 게 낫겠지만, 아키 선생님이 훨씬 가벼울 것 같으니까요."

"네? …네?! 목, 목말요?!"

아키는 저도 모르게 큰 소리를 냈다. 데즈카는 손가락으로 조용히 하라는 시늉을 했다. 그리고 아키 앞에서 몸을 숙였다.

"네, 자요."

"아니…."

"빨리 안 하면 아르브가 도망가 버릴 거예요."

"아……."

흥미가 동하면 곧바로 행동에 나서는 아키였지만 역시 목말은 망설여졌다. 하지만 데즈카의 말에도 일리가 있었다. 결국, 아키는 데즈카의 어깨에 발을 디뎠다.

"가벼우시네요…. 밥은 먹고 다니세요?"

"마, 말도 안 돼요. 메로 4, 5마리 정도는, 될 텐데."

"대체 그게 무슨 말씀이신지."

데즈카가 천천히 일어서자 시선이 딱 지붕 위에 닿았다. 아키는 지붕에 살짝 발을 걸친 다음 조금씩 아르브에게 다가갔다. 메로도 그 뒤를 쫄래쫄래 따랐다.

"아르브…?"

작은 목소리로 말을 걸자 아르브는 목을 빙글 돌려 아키의 눈을 쳐다보았다.

"좋, 아. …"

"응…?"

아르브는 부엉이 카페에서 했던 말을 또다시 했다.

"뭐, 가…?"

데즈카에게 들리지 않게 조심조심 되물었지만 아르브는 대답하지 않은 채 날개를 크게 펼쳤다. 그리고 훌쩍 날아오르더니 공원 구석을 향해 빠르게 하강했다.

"아르브…!"

순간 도망치는 줄 알았던 아키는 황급히 이름을 불렀다. 그러나 아르브는 공원 수풀 속에서 잠시 바스락거리다가 이내 전망대로 되돌아왔다.

입에는 죽은 쥐를 물고 있었다.

"억…!"

아키는 놀라 입을 막았다.

그리고 사와에게 들은 이야기를 떠올렸다.

'방에 죽은 쥐가 떨어져 있어요.'

예상은 했지만, 범인은 역시 아르브였구나.

아르브는 쥐를 문 채 지붕 꼭대기에서 다시 한 쪽 방향을 물끄러미 쳐다보았다.

아키는 아르브 옆에 나란히 앉았다. 아르브의 시선은 공원 옆 단독주택 2층 창문을 향하고 있었다. 커튼은 닫혀 있었지만, 방 불이 희미하게 창문을 밝히고 있었다.

"저 집…?"

"좋아. 보고, 싶어."

"좋아하는 애가, 있어?"

"좋아."

아르브가 보는 저 집도 부엉이를 키우는 걸까? 아키는 창문을 응시했다.

그때, 아키의 눈에 창가에 놓인 무언가가 들어왔다.

'저게 뭐지….'

유심히 쳐다보았지만, 역광 때문에 잘 보이지 않았다. 둥근 모양에 위쪽에는 두 개의 돌기가 돋아 있었다. 그 생김새는 꼭―.

"부엉이."

메로가 입을 열었다.

지금 딱 머릿속에 떠올리던 단어를 들은 아키는 깜짝 놀라 메로에게 물었다.

"저거, 부엉이, 맞지? 움직이질, 않는데…. 장식인가?"

"아르브, 같아."

"아르브 같다고…? 닮았다는 뜻이야?"

아키는 정면을 쳐다보는 아르브의 옆얼굴로 시선을 옮겼다.

그 시선은 말문이 막힐 만큼 꼿꼿했다.

이윽고 아르브는 훌쩍 날아올라 쥐를 문 채 부엉이 장식이 놓인 창문 앞 지붕에 조용히 내려앉았다.

그리고 폴짝폴짝 움직이며 장식을 올려다보았다.

"아르브…."

'좋아, 하는구나….'

더는 의심의 여지가 없었다.

무척이나 흐뭇한, 그러나 애틋한 모습이었다.

매일 케이지와 방에서 빠져나와 쥐를 사냥해 장식품에게 가져다주는 아르브의 마음을 생각하자 아키는 가슴이 미어져 손을 꽉 쥐었다.

아르브의 사랑은 이루어지지 않는다.

그건 어쩔 수 없는 사실이었다.

"아키 선생님?"

전망대 아래에서 데즈카가 말을 건넸다. 아키는 조심조심 삼각 지붕에서 이동했다.

그리고 메로를 먼저 데즈카에게 건넨 다음 화단을 내려다보았다.

"지금, 내려갈게요."

"네? 내려오신다니, 어떻…."

데즈카는 당황했지만, 아키는 아랑곳없이 화단 가장자리에 아무것도 심지 않은 공터를 향해 뛰어내렸다.

데즈카는 입을 쩍 벌린 채 말을 잃고 말았다.

"기다, 렸죠?"

"…의외로 활동적이시네요."

"말에서 몇 번이나, 떨어진 적도 있는걸요…. 그거에 비하면, 이 정도쯤이야 뭐…."

"마, 말에서요…?"

아키는 고개를 끄덕이며 화단에서 내려왔다.

그리고 무거운 한숨을 내쉬었다.

공원 벤치로 자리를 옮긴 아키는 지붕 위에서 본 것을 모두 데즈카에게 말해주었다.

"부엉이 장식과의 사랑이라…."

데즈카는 아키의 말을 다 듣고는 손으로 턱을 괸 채 생각에 잠겼다.

"말도 안 된다고, 생각하세요…?"

아르브의 말을 직접 듣지 못한 데즈카에게 이 모든 이야기는 아키의 상상일 뿐이었다. 때문에 너무 황당무계한 소리 아니냐는 말을 들어도 어쩔 수 없다고 생각했다.

그러나 데즈카는 생각보다 진지한 표정으로 아키를 바라보았다.

"조류는 후각이 그리 발달하지 않아서, 솔직히 장식에 끌릴 수도 있겠다 싶어요. 먹이 찾기도 주로 시각에 의지하니까요. 공작 수컷도 구애 활동에만 그 화려한 날개를 쓰잖아요."

"그런, 가요…?"

"네. 극락조의 구애춤 같은 경우는 유명해요. 날개를 펴서 몸을 둥글게 만든 다음에 암컷 앞에서 총총거리며 움직이는데 그게 진짜 웃기거든요. 극락조한테는 미안한 말이지만, 우울할 때 그 동영상을 봐요. 안 웃고는 못 배긴다니까요."

"재밌을 것, 같아요…!"

"아, 스마트폰으로 영상 보실래요? …아니지, 지금은 그럴 때가 아니었죠. 죄송해요."

동물을 너무 좋아해 동물행동학을 배우고 있는 만큼, 데즈카는 여러 동물의 생태를 제법 잘 알고 있었다. 어쩌면 유키 못지않겠다며 아키는 감탄했다.

"다, 다음에, 보여주세요."

"당연하죠."

그때 갑자기 메로가 냐옹 하고 울며 데즈카의 어깨 위로 뛰어올랐다.

메로의 시선 끝에서 아르브가 소리 없이 밤하늘을 날아가고 있었다.

"앗…!"

아키는 허둥지둥 일어섰다.

그러나 아르브는 순식간에 깜깜한 어둠 속으로 사라졌다.

방향은 기치죠지. 집으로 돌아가는 모양새다.

"빠져나온 이유는 알았지만, …어쩐지 안타깝군요."

아키는 조용히 고개를 끄덕였다.

아르브가 왜 탈주하는지 이유를 알았지만, 이래서야 이러지도 저러지도 못한다.

둘은 착잡한 심정으로 기치죠지를 향해 걸음을 옮겼다.

"아키 선생님, 제 말 좀 들어보세요. 아르브가 탈출했던 거 있죠?!"

"네…, 네엣…?!"

아르브의 짝사랑을 알게 된 지 며칠이 지났을 무렵, 사와가 충격적인 보고를 들려주었다.

오전 진료를 마친 아키가 병원 밖에서 크게 기지개를 켜고 있는데, 우연히 지나가던 사와가 말했다.

이미 아르브의 탈주를 알고 있었던 만큼, 아키의 반응은 연기가 아니었다. 아키가 놀란 이유는 아르브가 빠져나갔다는 걸 사와에게 들켜서였다.

"밤에 부엉이 방을 들여다봤는데 아르브는 없지, 창문은 조금 열려 있지, 핏기가 싹 가시더라고요. 그런데 한 시간쯤 있으니까 돌아와서는 자기 스스로 문까지 꼭꼭 다시 걸어 잠그더라니까요? 세상에, 어이가 없어서. 한두 번 나간 게 아니겠더라고요.

"저기, …잠금장치, 는."

"당연히 바로 수리했죠."

"그, 그렇, 군요."

아키의 마음에는 금세 안개가 자욱하게 꼈다.

사와의 행동은 보호자로서 당연했다. 아무리 얌전하다고 해도 아르브는 맹금류다. 자유롭게 돌아다니게 둘 수는 없다.

"일단은 한시름 놓았어요. 분명 배가 고파서 사냥을 나간 거겠죠. …하지만."

"하, 하지만…?"

"그런 것 치고는 식욕이 그리 있지도 않거든요. 딱히 먹이가 부족한 것도 아닌 것 같고요. …왜일까요?"

"……."

모든 사실을 알고 있는 아키는 눈만 데굴데굴 굴렸다.

사와는 그런 아키의 모습에 갸우뚱거리다가 이내 미소를 지었다.

"뭐, 또 놀러 오세요. 선생님. 얘가 심심해서 그랬을지도 모르니까요. 분명 좋아할 거예요."

"네…! 꼬, 꼭 갈게요…!"

사와가 가고 난 뒤, 아키는 땅이 꺼지도록 한숨을 쉬며 그 자리에 주저앉았다.

'아르브….'

물론 탈주하면 안 된다는 건 알지만, 장식을 바라보던 시선을 떠올리자 가슴이 조여들었다.

"다른 예쁜 친구를, 소개해줘 볼까…. 유키라면, 아는 부엉이가 있을지도…."

아키는 무의식적으로 혼잣말을 중얼거렸다.

바로 그때, 아키 위로 사람 그림자가 드리웠다.

"앗…!"

갑작스럽게 등장한 그림자에 놀라 고개를 들자 데즈카가 있었다.

데즈카는 병원 앞에 주저앉아 있는 아키가 이상했는지 고개를 갸웃거렸다.

"아키 선생님? 어디 아프세요?"

"아, 아, 아뇨…."

데즈카의 얼굴을 보자 문득 긴장이 풀렸다. 어쩐지 눈시울이 서서히 뜨거워졌다.

아키는 며칠에 걸쳐 함께 아르브를 뒤쫓은 데즈카에게 동지애 가까운 감정이 싹트고 있었다.

대학 때부터 이상하리만큼 동물에 온갖 관심을 쏟으며 집착했던 아키와 어울리려는 사람은 단 한 명도 없었다. 그러나 데즈카는 달랐다.

"아키 선생님…?"

데즈카는 상태가 안 좋아 보이는 아키의 이름을 다시 한번 불렀다.

아키는 넘쳐흐를 것만 같은 감정을 겨우 가다듬고 데즈카를 올려다보았다.

"아르브……, 이제, 못, 만나요."

"네?"

"타, 탈주를, 드, 들켜서."

"들켰어요? …그랬구나."

데즈카의 표정도 순식간에 흐려졌다.

설령 들키지 않았어도 아르브의 사랑은 둘이 어떻게 해 줄 수 있는 문제가 아니었다. 그런데도 이상하리만큼 마음이 아팠다.

아키가 고개를 푹 숙이자 데즈카는 그 앞에 무릎을 꿇었다.

"저기, 아키 선생님. 다음 쉬는 날에는 저도 부엉이 카페에 데려가 주지 않으실래요?"

"네…?"

"그러고 보니까 제가 아르브를 제대로 만나본 적이 없더라고요. 아키 선생님도 아르브가 어떤 상태인지 궁금하지 않으세요?"

"궁금해요…. 하지, 만."

"그럼 이야기 끝났네요."

데즈카는 밝게 웃었다.

아키는 고개를 작게 끄덕이며 데즈카의 손을 잡고 일어섰다.

"아르브한테 선물을 가져갈까 봐요. …뭐, 도저히 쥐는 못 잡겠지만요."

"아르브한테는 분명, 쥐가, 가장 맛있는, 먹이일 거예요."

"하하. 여자한테 선물할 정도니 분명 그렇겠죠."

아키는 둔했지만, 데즈카가 제 기운을 차리게 해 주려고 이런다는 것쯤은 알 수 있었다.

그리고 아키는 데즈카와 함께 사쿠라이 호텔로 들어갔다.

데즈카와는 일요일 오후에 만나기로 약속했다.

죄송해요, 조금 늦을 것 같은데 먼저 들어가 계시겠어요?

약속 당일, 아키가 외출 준비를 하는데 데즈카에게 연락이 왔다.

참고로 아키의 스마트폰에 새로운 연락처가 등록된 건 꽤 오랜만이었다. 어쩌면 유키 다음일지도 모르겠다. 아키는 보낸 사람 이름에 표시된 '데즈카 하야토'라는 글자를 바라보며 묘한 기분에 잠겼다.

연락처를 훑어보자 가족을 제외하고는 신세를 졌던 대학교 교수님들과 병원 관련 업체만 등록되어 있었다.

당연히 '친구'로 분류되는 사람은 없다.

"데, 데즈카, 하야토…."

일반적으로는 아주 평범한 일이다. 그러나 아키에겐 일대 사건이었다.

아키는 잠시 멍하니 스마트폰 화면을 바라보다가 황급히 답장을 썼다.

알았어요. 먼저 들어가서 기다릴게요. 서두르지 말고 천천히 오세요.

발송을 누르자 1분 만에 다시 스마트폰이 울렸다.

말투 왜 이렇게 딱딱해요? 하하.

"흐앗…!"

아키는 익숙지 않은 솔직한 문장에 그만 소리를 질렀다.

평소에는 남과 문자를 주고받을 때 한껏 작아지고 긴장하는 등, 상당한 고통이 뒤따랐다. 그러나 데즈카에게만큼은 아키 스스로도 이상하리만큼 부정적인 마음이 들지 않았다.

돌이켜 보면 데즈카는 아키가 당황할 틈도 주지 않은 채 스르륵 아키의 일상으로 들어왔다. 마치 소리 없이 나는 부엉이처럼 말이다.

"시바견 같은 줄 알았는데… 부엉이, 일지도."

혼자 중얼거리는데 메로가 아키를 재촉하듯 무릎 위로 올라왔다.

아키는 메로를 안고 한 손에는 케이지를 들었다. 고양이에 익숙하지 않은 부엉이가 만남의 방에 있으면 메로를 케이지 안으로 들여보내기 위해서였다.

그리고 겨우 집에서 나섰다.

부엉이 카페에 도착하자 마침 한 쌍이 손님이 카페를 나서고 있었다..

조심조심 안을 들여다보다가 손님을 배웅하던 사와와 눈이 마주쳤다.

"어머! 아키 선생님, 어서 오세요."

"아, 저, 저기, 죄송, 해요. 손님 배웅하시는 데 방해가 돼서."

"후후, 뭘 사과하고 그러세요? 선생님은 프리패스예요. 저희 애들 봐주시니까."

"그, 그럴 수는 없어요…!"

아키의 사양이 들리지도 않는지 사와는 아키의 등을 떠밀었다.

허둥지둥 메로를 케이지에 넣으려 하자 사와는 싱긋 웃으며 고개를 저었다.

"괜찮아요, 오늘도 특별한 애들이라서."

"특, 별…?"

만남의 방에 들어가자 횃대에는 요전과 똑같이 샐리, 루나, 그리고 아르브가 있었다. 그뿐만이 아니었다. 고양이용 침대에는 네로 외에도 고양이가 두 마리 더 누워 있었다.

"오늘은 부엉이&고양이 카페예요. 꽤 파격적이죠? 이번에 상점가 사이트에 업로드하기로 했어요."

"머, 머, 멋져요."

네로는 아키를 보자 반가운 듯 다가와 발에 코끝을 문질렀다. 두 마리 고양이는 아주 침착하게 눈을 가늘게 뜨고 상황을 지켜보았다.

메로를 바닥에 내려놓자 바로 네로와 장난치기 시작했다.

아키는 안심하며 미소 띤 얼굴로 사와를 쳐다보았다.

"그러고, 보니… 아르브는, 어때요…?"

"이젠 빠져나가진 못하는 것 같은데, 역시 좀 기운이 없어요. 어떻게 된 일인지…."

"그런, 가요…."

아키는 아르브와 눈을 맞췄다. 아르브는 천천히 눈을 깜빡였다.

"보고, 싶어."

"아르브…."

예상은 하고 있었지만, 역시 아르브의 상사병은 현재진행 중이었다.

'어쩌면 좋아….'

마음속으로 이런저런 생각을 해봤지만 좀처럼 좋은 아이디어가 떠오르지 않았다.

바로 그때였다. 갑자기 인터폰 소리가 울렸다.

"손님인가 봐요. 잠깐만요."

"아, 저기…!"

데즈카일지도 모른다고 말하려 했지만 이미 늦었다. 사와는 빠르게 만남의 방을 나섰다.

그리고 얼마 지나지 않아 예상대로 데즈카가 방에 들어왔다.

"실례합니다."

"저기, 아키 선생님, 저분, 친구세요?"

"어, 치, 친구. 친구, 랄까."

"네, 친구예요."

아키의 동요에도 아랑곳없이 데즈카는 시원하게 대답했다. 아키의 얼굴이 순식간에 뜨거워졌다.

데즈카는 갈팡질팡하는 아키 옆으로 다가와 오른손에 들

고 있던 사방 30cm가량의 종이봉투를 눈높이까지 치켜들었다.

"선, 물…?"

"네."

선물을 가져가야겠다던 데즈카의 말은 기억하고 있었다. 그러나 내용물을 짐작할 수 없게 하는 민무늬 종이봉투에 아키는 고개를 갸웃거렸다.

사와도 궁금한 듯 데즈카에게 가까이 다가갔다.

그러자 데즈카는 천천히 종이봉투에 손을 집어넣더니 조심스레 내용물을 꺼냈다.

"끼엑…!"

내용물에 가장 먼저 반응을 보인 것은 아르브였다.

봉투 안에 있던 그것은 오기쿠보 공원에서 본, 창가의 부엉이 장식이었다.

데즈카는 조심스레 꺼내든 장식품을 미소와 함께 사와에게 건넸다.

"…저기. 갑작스럽긴 한데, 받아주시겠어요…? 아는 친구가 준 건데, 아키 선생님께 여기에 같은 종류의 부엉이가 있다는 말을 들어서요."

"어머, 귀여워라! 그건 그렇고 꽤나 리얼하게 생긴 장식이네요…!"

아키는 입을 떡 벌린 채 할 말을 잃고 말았다.

가까이에서 본 장식은 사와의 말마따나 날개도 눈동자도 몹시 리얼한 것이 벵갈수리부엉이 그 자체였다. 과연 아르브가 잘못 보고 사랑에 빠질 만한 디테일이었다.

"그런데 괜찮으시겠어요? 이 방에 잘 어울리는 데다가 저도 좋기야 하지만, 제법 값비싸 보이는데."

"괜찮아요. 솔직히 말하자면 원래 주인도 이게 있는지조차 몰랐대요."

"어머, 그래요?"

그때였다. 얌전히 있던 아르브가 갑자기 조용히 날아와 사와의 팔에 앉았다. 그리고 놀라는 사와 일행 앞에서 부엉이 장식을 부리로 문질렀다.

"아르브…?"

그 광경에 사와도 놀라 눈을 동그랗게 떴다.

"엄청 마음에 드나 본데…."

아키는 그저 멍하니 그 광경을 바라보았다. 데즈카가 슬며시 귀엣말로 속삭였다.

"의외로 쉽게 양보해 주시더라고요. …저는 덕분에 유별난 부엉이 마니아가 되어버렸지만요."

"부엉이, 마니아…."

그 말뜻을 이해한 아키는 참지 못하고 웃음을 터뜨렸다.

데즈카는 놀란 듯 눈을 크게 뜨더니 함께 웃었다.

이리하여 아르브의 이루어질 수 없는 사랑은 일단 해결되었다. 상대는 장식품이니 따지고 들자면 사랑이 성취되었다고 하긴 어려웠지만, 아키에게 그런 건 아무래도 좋았다.

사와는 부엉이 장식에게 티나라는 이름을 붙여주었다. 그리고 티나는 가게의 마스코트가 되었다.

아르브는 늘 그 옆에 행복하게 찰싹 붙어 있다고 한다.

그리고— 탈주에 추적에 연애까지 여러 일이 있었지만, 아키와 데즈카의 부엉이 소동은 이로써 일단락되었다.

"보세요. 이게 극락조의 구애예요."

"와아! …대, 대단한데요? 무늬가 얼굴처럼, 됐어요."

"네, 웃기죠? 이거 진짜 몇 번을 봐도 웃기다니까요."

이후로 데즈카는 종종 아키에게 동물들의 특이한 구애 행동 영상을 보여 주곤 했다.

지식 면에서는 유키에 뒤처지지 않을 수도 있겠다던 생각은 점점 확신으로 바뀌어 갔다.

"그건 그렇고, 다행이에요. 아르브, 행복해 보였어요."

"장식품이라고는 해도… 보고 싶어 하던 친구가 바로 곁에 왔으니 잘 됐죠."

"네, 아주 많이요."

생판 모르는 남의 집을 찾아가 창문으로 보이는 장식물을 달라고 흥정을 하다니, 아키에게는 도저히 불가능한 일이었다. 아무리 생각해봐도 저돌적인 행동이다.

하지만 데즈카는 자연스럽게 해냈다. 그 점이 데즈카의 꾸밈없는 다정함의 증거처럼 느껴졌다. 물론 동물의 감정을 연구하는 데즈카라서 가능한 발상이었을지도 모른다.

"하지만 제 생각엔 아키 선생님의 대담함이 아니었더라면 이런 결말은 없었을 것 같아요."

"네…?"

"애당초 처음부터 철저히 부엉이 입장에서 생각하셨잖아요?"

"그, 그건…."

"게다가 망설임도 없이 지붕에 오르시질 않나, 갑자기 뛰어내리시질 않나. 말에서 떨어진 것보다 낫다고 하시질 않나."

"…저, …괴짜, 같아요…?"

주위에서 다들 괴짜라고 수군거리던 대학교 때가 생각났다. 사회에 나온 지금 다시 생각해 보면 당시의 분별없는 행동은 아키가 봐도 비정상적이었다.

하지만 데즈카는 아키의 말을 웃어넘기며 아키를 똑바로 바라보았다.

"괴짜라는 말은 저한테는 칭찬이에요. 주위가 안 보일 정도로 몰두하는 게 있다는 말은 그만큼 열정이 있다는 뜻이니까요. 그러니까 그런 의미로, 아키 선생님은 괴짜가 맞는 것 같아요."

"열정…."

"네. 전 아키 선생님을 존경해요."

"네엣…!"

갑자기 훅 들어온 칭찬에 아키는 얼어버렸다. 데즈카는 그런 아키를 보고 웃으며 한마디 더 덧붙였다.

"저기. …궁금한 게 있는데요. 저희, 친구…는 아닌, 거죠…?"

"네, 네…?"

"부엉이 카페에서 사와 씨가 물어봤을 때 좀 당황하셨잖아요? 저 은근히 충격이었다고요. …친구라고 하면 역시 너무 뻔뻔할까요?"

"아, 아니, 그렇지, 는…!"

데즈카는 아키를 또 놀린다.

알면서도 아키는 동요를 감추지 못했다.

소용없는 저항이었지만 데즈카에게서 시선을 홱 돌렸다.

"데, 데즈카, 는…! 데즈카, 예요. …그 이상도 이하도, 아니에요. 유일무일한, 데즈카, 예요."

감정이 시키는 대로 내뱉은 말에 아무런 반응이 없자 아키는 불안해져 데즈카를 다시 쳐다보았다.

그러자 데즈카는 멍한 표정으로 굳어 있었다.

"저, 저기…. 저, 뭐, 이상한, 말이라도…."

"아니에요. …그, 고맙습니다. 유일무이한 데즈카라는 상상 이상의 포지션이었네요."

"네?"

"잊어주세요."

데즈카는 그날 이상하리만치 기분이 좋았다.

아키는 영문도 모른 채, 그러나 점점 마음 편해져 가는 데즈카와의 시간을 천천히 만끽했다.

제3장

수달 사형제와 대저택 찾기

✚

어느 날 아침, 끼잉끼잉 응석 부리는 듯한 목소리에 아키는 잠에서 깼다.

자명종을 끌어당겨 게슴츠레 뜬 눈으로 확인한 시각은 다섯 시였다.

'다, 다섯 시….'

아키는 작게 신음하며 베개에 얼굴을 파묻었다.

"메로…. 뭐, 해…?"

아키는 메로가 어딘가에서 우는 것이라 생각했다. 고양이는 원래 야행성인 데다가 사냥하던 시절의 버릇이 남아서인지 밤중에서 새벽까지 날뛰며 돌아다니는 습성이 있다.

높은 데 올라갔다가 내려오질 못하고 있다거나, 밖에 나가고 싶은데 문이 닫혀 있다거나 하는 이유로 우는 것이라 생각한 아키는 천천히 몸을 일으켰다.

"흐냐앙!"

바로 옆에서 익숙한 목소리가 들리더니 메로가 이불 위에서 굴러떨어지며 아키 옆에 착지했다.

"응…?"

아직 잠이 덜 깬 아키는 메로를 끌어안은 채 멍하니 있었다.

그리고 한참이나 지나서야 간신히 돌아가기 시작한 머리로 깨달았다. 자기를 깨운 울음소리의 정체는 메로가 아니었다는 사실을.

"하지만 울음소리가 들렸는데…?"

메로는 냐옹 하고 운다.

잘 생각해 보니 아까 들린 울음소리는 메로와 다른 것 같기도 했다.

'일단, 사쿠라이 호텔을, 한번 들여다보자….'

아키는 느릿느릿 일어나 티셔츠 위에 후드를 걸치고 메로를 안은 채 병원으로 통하는 계단을 내려갔다.

아키가 사는 2층에는 전용 현관이 따로 있었지만, 열어본 적은 거의 없었다.

왜냐하면, 병원을 통하지 않고 외출하는 일이 거의 없기 때문이었다. 애당초 아키는 좁고 쓸쓸한 원룸보다는 늘 동물이 상주하는 사쿠라이 호텔이 더 마음 편했다. 그래서 아키는 휴진일에도 사쿠라이 호텔에서 대부분의 시간을 보냈다.

1층으로 내려간 아키는 진찰실과 치료실을 지나 사쿠라이 호텔로 가는 문을 천천히 열었다.

지금 호텔에는 임시 보호 중인 새끼 고양이 두 마리와 중성화 수술 후 하룻밤 입원 중인 미니어처 닥스훈트 한 마리가 머물고 있었다. 괜히 깨울까 싶어 문틈으로 살금살금 안을 들여다보았다.

그러나 안쪽은 쥐죽은 듯 조용했다.

아키는 다시 문을 닫고 한숨을 내쉬었다.

"…기분 탓인가?"

다시 생각해 보니 잘못 들은 게 아니었다고 단언할 자신도 없었다. 아키는 메로와 눈을 마주 보며 고개를 갸웃거렸다.

2층으로 다시 올라가려고 일어서던 그때였다.

"끼잉, 낑!"

이번에는 울음소리가 똑똑히 들렸다.

"역시, 뭔가 있어…! 고양이, 일지도!"

울음소리는 밖에서 들렸다. 아키는 서둘러 병원문을 열고 밖으로 나왔다.

밖은 아직 어둑어둑했고, 봄의 끝물인데도 찬 공기가 느껴졌다. 아키는 후드 지퍼를 올리고 메로를 품 안에 넣었다.

그리고 주위를 둘러보았다.

"앗!"

마침내 울음소리의 정체를 발견했다.

사쿠라이 호텔 정면에 방치된 커다란 상자가 눈에 들어왔다. 상자가 간헐적으로 흔들릴 때마다 씩씩한 울음소리가 울려 퍼졌다.

"역시, 유기묘다…!"

아키는 허겁지겁 달려가 상자를 열었다.

"어… 어어어…?!"

상자 안에 있는 것은 고양이가 아니었다.

상자를 열자마자 네 쌍의 동그란 눈동자가 아키를 쳐다보았다.

"뭐, 뭐, 뭐야, 이 애들은, 설마…, 수, 수…."

"끼잉."

"…수달…!"

틀림없는 수달이었다. 정확하게 말하자면 작은발톱수달. 최근 반려동물로 인기를 얻는 중이긴 했지만 아직 희귀한 동물이었다.

동그란 얼굴에 동그란 눈동자, 작은 귀, 마치 웃는 것처럼 올라간 입꼬리.

사람에게 익숙한 듯 네 마리 모두 뒷다리로 서서 짧은 손을 아키를 향해 내밀고 낑낑거리는 울음소리를 냈다.

"으아, 으아아… 귀여워…!"

너무나도 귀여운 모습에 아키는 흥분했다. 네 마리를 한꺼번에 안아 들자 메로는 황급히 아키의 가슴팍에서 어깨로 도망갔다. 그러고는 온몸의 털을 곤두세우고는 상황을 살폈다.

"메로, 괜찮아."

아키의 말에 메로는 조금씩 진정을 되찾았다. 그러거나 말거나 수달들은 진정할 기미 없이 계속해서 낑낑거리며 울었다.

아무리 귀여워도 이래선 이웃집에 민폐가 될 뿐이다. 아키는 수달을 안은 채 사쿠라이 호텔 문을 열었다.

그리고 일단 네 마리를 몽땅 비어 있는 도그 펜스 안에 내려놓고 상비 중인 고양이 사료를 그릇에 담아 놓아주었다. 수달들은 엄청난 기세로 먹어치운 다음, 만족스러운 듯 아키를 올려다보았다.

"지금은 고양이 사료밖에 없어서, 미안…. 나중에 생선, 사 올게."

배가 불러서일까. 수달들은 겨우 조용해졌다.

마치 합창 소리 같던 울음이 잦아들자 아키는 도그 펜스 앞에 앉아 한숨을 내쉬었다.

마음이 진정되자 이번엔 차례로 궁금증이 피어올랐다.

새벽에 몰래 버려진 수달. 그것도 한꺼번에 네 마리.

지금까지 동물들이 병원 앞에 버려진 적이 몇 번 있긴 했다. 자기가 키울 수 없게 됐지만 가능하면 행복하게 살길 바라는 이기적인 생각 끝에 '동물병원이라면 안심'이라는 결론을 내리는 듯했다.

물론 아키는 생명을 이기적으로 취급하는 데에 분노를 느꼈다. 그러면서도 한편으로는 매년 동물 학대 문제가 불거지는 마당에 차라리 여기 데려다 놔서 다행이다 싶을 때도 있었다.

이상한 데 갖다 버려서 돌이킬 수 없게 되느니 조금 힘들어도 내가 돌보는 게 훨씬 낫지.

다만, 이번에는 평소와 경우가 명확하게 달랐다. 버려진 동물은 지금까지 보호해 본 적도, 돌본 적도 없는 수달이다.

일단 먹이나 간단한 생태 정도는 알고 있었지만, 실제로 돌보자니 지식이 부족했다.

"아, 알아봐야겠다…."

아키는 곧바로 진찰실에서 노트북을 가져와 수달들 앞에 앉아 조용히 생태 및 자세한 사육법을 살펴보았다.

그러는 사이 시간은 쏜살같이 지나, 이윽고 출근한 유키가 사쿠라이 호텔의 문을 열었다.

"아키 선생님?"

"아, 유키. 안녕. 저기, 실은…."

"설마 싶긴 한데, 지금 일어나셨나요?"

"어…?"

그제야 아키는 자기가 아직 옷도 갈아입지 않았다는 걸 깨달았다. 일어나자마자 수달을 데리고 들어와 여태 검색만 하느라 옷을 갈아입기는커녕 세수조차 못 했다.

"크, 크, 큰일, 났다! 유키, 이 애들, 좀, 봐줘…."

"이 애들이요?"

"금방, 올게…!"

제대로 된 설명도 못 했지만 아키는 유키의 냉철한 대응 능력을 철석같이 믿었다. 2층으로 뛰어 올라간 아키는 십 분 만에 준비를 마치고 다시 호텔로 돌아왔다.

아니나 달라, 예상했던 대로의 풍경이 펼쳐져 있었다. 도그 펜스 앞에서 수달과 놀고 있는 유키와 거북이 치요의 모습이 보였다. 아키는 안도의 한숨을 내쉬며 유키 옆에 앉았다.

"미, 미안, 유키."

"신경 쓰지 마세요. 그건 그렇고 네 마리를 동시에 데려오시다니, 아키 선생님치고는 대담하시네요. 수달은 꽤 비싼 걸로 아는데."

천하의 유키도 수달이 버려져 있었다고는 상상하지 못한 듯했다. 아키가 직접 사 온 줄로 믿는 모양새였다.

"아니, 그게, 아니라…."

조금 전에 호텔 앞에서 발견했다는 말에 유키는 안 그래도 큰 눈을 더 크게 뜨며 드물게 놀란 기색을 감추지 않았다.

"유기견도 유기묘도 아닌 유기 수달이었군요."

"버렸는지 아닌지는 모르겠지만…."

"그렇다는 말씀은?"

"잠깐만 맡아달라고 한, 걸 수도…. 어쩔 수 없는 이유가 있다거나."

"너무 긍정적인 방향으로 생각하시는 거 아닌가요?"

"하, 하지만, 유키 말마따나 수달은 비싸잖아, 안 그래? 그렇다면… 팔 수도 있지 않았을까?"

"사려고 하면 마리당 최소한 50만 엔 이상은 들겠죠. 하지만 이 아이들은 아무리 봐도 이미 성체인 데다가 애당초 팔아야겠다는 생각까지는 못 했을 수도 있어요. 어찌 됐든, 버린 사람이 무책임하다는 것만은 확실하군요."

"그건… 그렇, 지만."

말투에 드러내지 않았지만 유키는 상당히 화가 나 보였다.

동물을 좋아하는 유키의 분노는 지극히 당연했다. 아키는 더 아무 말도 할 수 없었다.

그러나 그냥 버려졌나보다, 하고 넘기기엔 찜찜한 구석도 있었다.

유키는 그렇게 말했지만, 일부러 수달을 골라 산 사람이 값어치를 모를 리가 없다. 게다가 한 마리에 50만 엔 넘는 값에 팔리는 동물이라면 버리느니 파는 편이 양심의 가책도 덜할 것이었다.

게다가 무엇보다 아키가 아는 한, 수달은 번식이 어려워 평범한 가정집에서는 번식시키기 몹시 힘들다. 예를 들어 개나 고양이라면 관리 소홀로 인해 임신할 가능성이 크지만, 수달은 그럴 수가 없다. 즉, 번식해서 늘어난 게 아니라 처음부터 일부러 네 마리를 사들인 셈이다.

궁금증은 커질 뿐이었다.

'지금 더 생각해 본들 뾰족한 수가… 없겠지….'

아키는 일단 해답 없는 문제에 고민하지 않기로 했다. 그리고 속으로는 수달들을 걱정하면서도 진찰실로 향했다. 정신을 차리고 보니 곧 진료를 시작할 시간이었다.

황급히 진찰실 의자에 앉자 책상 위 디지털 시계가 정확히 10시를 알려주었다. 아키는 마음을 다잡고 컴퓨터를 켰다. 아까 검색해본 수달 기르는 법에 대한 창이 열려 있었다. 아키는 무심코 그 창을 들여다보았다.

"가능한 신선한 생선을 줄 것, 그리고… 하루에 한 번은 물놀이… 물놀이?!"

수달이 강에서 헤엄치는 사진이 눈에 들어왔다. 아래에는 '스트레스가 쌓이지 않으려면 제대로 물에서 노는 시간이 필요'하다는 해설이 곁들여 있었다.

확실히 야생 수달은 물가에 서식한다.

아키는 화면에 시선을 고정한 채 굳어버렸다.

생물학적 측면에서 봤을 때 수달은 포유류다. 따라서 아키에게 크게 어려운 점은 없었다. 그러나 해마다 다양한 동물들을 가정에서 키울 수 있게 되어가는 요즘, 키우는 법 또한 동물의 종류만큼이나 매우 다양했다. 솔직히 가끔은 놀랄 때도 많다.

'욕실에서, 해도, 괜찮으려나….'

괜찮고 자시고 간에, 아키가 수달들에게 물놀이를 시켜줄 방법은 지금으로선 그뿐이었다.

충분히 헤엄칠 만한 넓이는 아니지만 안 시켜주는 것보다는 나을 터였다. 아키는 오전 진료가 끝난 후 네 마리 수달이 집 욕조에서 물놀이하는 모습을 상상해 보았다.

'어어…. 어쩐지, 재미있을 것, 같기도 하고….'

처음에는 당황했지만, 다시 생각해 보니 즐거운 광경만 떠올랐다. 아키는 점점 설레기 시작했다.

그리고 오랜만에 몸이 달아오르는 기분을 느끼며 오전 진료를 마쳤다. 아키는 바로 호텔로 달려가 일단 메로를 어깨 위에 올린 뒤 수달들을 안아 들었다.

웬일로 정신없이 바빠 보이는 아키가 이상했는지 유키는 사쿠라이 호텔을 힐끔 들여다보았다.

"아키 선생님, 어디 가세요···?"

"저기, 집, 욕조에···. 물놀이를, 시켜주려고···."

집 욕실에서 동물을 헤엄치게 하다니, 황당해하지 않을까 하는 걱정이 문득 머리를 스쳤다.

그러나 유키에게 그런 걱정은 필요 없었다. 오히려 호기심 어린 눈으로 아키를 쳐다보았다.

"수달이, 물놀이요? ···저기, 저도 같이 가도 될까요? 괜찮으시다면 치요도 같이요."

"앗··· 다, 당연히··· 괜찮지. 치요도 같이, 물놀이할래···?"

"고맙습니다."

유키는 아키의 말이 채 끝나기도 전에 감사 인사부터 하고는 서둘러 치요를 데리러 대기실로 돌아갔다.

그리고 둘은 수달 네 마리와 치요를 데리고 2층에 올라가 욕조에 물을 받았다.

"좁네요."

"…그렇게, 딱 잘라 말할 것까진…."

"이건 물놀이가 아니라 빨래 수준인데요."

유키의 감상은 직설적이었지만 반론할 여지가 없었다. 아키가 난감한 미소를 짓자 유키는 조금 슬픈 듯 눈을 내리깔았다.

"아무리 반려동물로서 인기가 높아지고 있다고는 해도, 최대한 자연과 비슷한 환경에서 키우려면 아무래도 일반 가정에선 한계가 있죠. 입양할 분을 찾을 수는 있겠지만, 이 아이들이 행복하게 자랄 만한 환경인지를 어떻게 가려낼 수 있을까요?"

"그렇, 네…."

유키의 말은 핵심을 건드리고 있었다.

개나 고양이라면 사람이 사는 환경에도 충분히 적응할 수 있다. 아키도 지금까지 몇 번이나 입양자를 찾은 적이 있지만, 기본적으로 인품과 돌볼 수 있는 환경인지 아닌지를 중요하게 보며 찾았다. 하지만 수달은 개나 고양이보다 훨씬 더 손이 많이 갈 터였다.

"쉽게는 못 찾을 거예요. 아키 선생님처럼 그 어떤 동물이건 상관없이 욕조에 들여보낼 사람은 그리 많지 않을 테니까요."

"…없으, 려나?"

“참고로, 이 말은 칭찬입니다.”

그리고 유키는 거북이 치요의 등딱지에 물을 뿌리고는 정성스레 씻기기 시작했다.

아키 눈에는 유키가 더 특이해 보였다. 그러나 그만큼 유키가 동물에게 쏟는 크나큰 애정을 아키는 무한히 신뢰했다.

“일단 한동안은… 내가 돌볼게.”

“네, 저도 최대한 도울게요.”

이리하여 수달들은 사쿠라이 호텔에 머물게 되었다.

그리고 다음 날인 토요일.

아키는 조금 거리가 있는 다마강 강가에 놀러 나왔다.

손에는 커다란 수달 케이지를, 등에는 메로 전용 이동 가방을 멘 채 버스에 탄 아키의 모습은 상당히 이상해 제법 눈에 띄었지만, 아키는 평소처럼 남들의 시선은 아랑곳하지 않은 채 그저 들뜬 마음으로 도착하기만을 기다렸다.

곧이어 강둑에 도착한 아키는 수달들에게 긴 리드줄을 매어 준 다음, 가급적 사람들의 눈에 띄지 않는 강가에 네 마리를 풀어놓았다.

수달들은 곧바로 물에 들어가 능숙하게 헤엄쳤다. 가끔 깊은 곳까지 스르륵 잠수했다가 물 위로 얼굴을 불쑥 내밀었다. 처음에는 조금 당황했지만 아키네 집 욕조에서는 도저히 할 수 없었던 스케일의 물놀이를 만끽하는 모습이었다.

메로는 처음 와 본 강둑에 흥분한 듯했다. 풀숲에서 뛰어오르는 메뚜기에 움찔하며 등을 떠는 모습에 아키는 웃음을 터뜨렸다.

아키는 아이들이 노는 광경을 지켜보며 데려오길 잘했다고 진심으로 생각했다.

"역시, 넓은 데서 수영을, 하고 싶겠지."

굳이 물어보지 않더라도 수달들이 기뻐한다는 사실은 당연했다.

가만있지 않고 이리저리 돌아다니는 수달들과 대화하기란 여간 어려운 일이 아니었다. 그래서 아키는 아직 한 번도 수달과 대화를 시도하지 않았다.

하지만 오늘은 역시 넓디넓은 곳에서 마음껏 놀아서일까. 평소 얌전히 있는 법이 없던 수달들은 어느새 풀 위에서 뒹굴며 휴식을 취하기 시작했다.

문득 충동에 휩싸인 아키는 늘어진 수달들에게 슬며시 다가갔다.

'밥 생각밖에, 없으려나….'

한 마리를 무릎에 앉히자 조금도 경계하는 기색 없이 동그란 눈으로 아키를 올려다보았다.

"저기, …재밌니?"

수달의 작은 귀가 움찔했다.

말이 통한다는 걸 확인한 아키는 머리를 살짝 쓰다듬었다.

"재미, 있어."

수달은 낑낑거리며 아키의 팔에 손을 얹고 두 발로 일어섰다.

그 모습이 너무나도 사랑스러워 아키는 절로 미소를 지었다.

"나는 아키야."

"아키."

"그래."

"좋아."

"어머, 기뻐라. 고마워."

기쁘다, 무섭다, 좋다, 싫다 등 야생에 가까우면 가까울수록 감정은 단순했고 그만큼 거짓이 없었다. 아키는 그것만으로도 모든 걸 보상받는 느낌이었다.

그리고 상상보다 대화가 성립된다는 점에 놀랐다. 아키는 어제부터 계속 궁금했던 질문을 꺼냈다.

"너희는, 어디서, 왔니? 어디서, 누가, 키웠던 거 맞지?"

수달이 고개를 갸우뚱거렸다. 아무래도 질문이 어려웠나, 대답이 없다.

그런데 그때, 갑자기 수달이 벚꽃 풍경을 떠올렸다.

'벚꽃…?'

그것은 온통 잔디가 깔린 널따란 곳에 서 있는, 줄기가 매우 굵고 오랜 세월이 느껴지는 멋진 벚나무였다. 가지에는 아직 꽃이 군데군데 남아 있었다. 지금은 초여름이니 계절상으로는 최소 한 달은 더 전일 터였다. 즉, 이 풍경은 수달의 과거 기억이다.

"벚나무가 있는, 집이었구나…."

어마어마한 스케일 때문에 아키는 순간 공원인 줄 알았으나 벚나무 안쪽에는 둥글게 손질된 나무들이 있었고, 더 안쪽으로는 블록으로 된 담장도 보였다. 분위기로 미루어 볼 때 개인 주택 마당 같았다. 가지가 활짝 뻗은 커다란 벚나무가 마당에 있을 정도니, 엄청나게 넓은 정원이 있는 부잣집임이 분명했다.

수달 네 마리를 동시에 키우는 시점에서 어느 정도는 예상했지만, 수달을 통해 본 광경은 그 예상을 훨씬 웃돌았다.

이윽고 수달은 집중력이 끊겼는지 아키의 무릎에서 내려와 다시 강으로 뛰어들었다.

아키는 땅바닥에 벌러덩 드러누웠다. 메로가 바로 아키의 배 위로 올라왔다.

아키는 수달을 버린 범인을 찾아내고 싶은 게 아니었다. 단지 이 기묘한 사건의 경위가 궁금할 뿐이었다.

'어떻게 지냈던, 걸까….'

수달이 전해준 과거의 이미지에서 부정적인 감정은 느껴지지 않았다. 오히려 행복과 즐거움 같은 만족감이 전부였다.

주인의 애정이 없었다면 절대로 그럴 수는 없었을 것이다.

아키는 안심했지만 '그럼 대체 왜?'라는 궁금증은 한층 더 깊어만 갈 뿐이었다.

그때 갑자기 주머니의 스마트폰이 울렸다. 짧은 진동, 문자가 왔다는 알림이다.

전화는 물론 문자도 거의 오는 일 없는 아키는 깜짝 놀라 스마트폰을 꺼냈다.

오늘은 쉬세요?

발신인은 데즈카였다. 애당초 아키에게 문자를 보낼 사람이라곤 데즈카 아니면 유키뿐이었다.

오늘은 수달들 수영시키려고 다마강 강가에 나와 있어요. 메로 보러 오셨군요. 죄송해요, 저녁나절에나 돌아갈 것 같아요.

익숙지 않은 문장을 쓰느라 한참을 씨름한 끝에 겨우 답장을 보냈다. 그러나 십 초도 지나지 않아 다시 스마트폰이 울렸다.

무슨 답장이 이렇게 빨라. 놀라면서도 아키는 주머니에 막 넣은 스마트폰을 다시 꺼냈다. 그러나 화면에는 문자 수신이 아닌 전화 착신 화면이 떠 있었다.

"어… 어어…?!"

설마 전화가 올 줄이라고는 생각도 못 했던 아키는 허둥거리는 손으로 통화 버튼을 눌렀다. 그러자 곧바로 작게 웃는 소리가 들려왔다.

"여전히 문장이 딱딱해요."

"으으…. 그게, 익숙하지가, 않…."

"알아요. 뭐라고 하는 게 아니라 재미있어서 그래요. …그보다 수달이라니, 무슨 소리예요?"

"아…."

아키가 진정할 새도 없이 데즈카는 자꾸 대화를 진행했다. 아키는 필사적으로 스마트폰에 귀를 댄 다음, 한번 심호흡을 했다.

"아키 선생님?"

"저, 저기. 유기, 됐어요. 수달이, 네 마리."

"네? …그게 뭐예요. 그보다 저 가도 돼요? 다마강에."

"네. …네?"

익숙하지 않은 전화를 겨우겨우 받던 아키는 무의식적으로 오케이를 해버렸다. 허둥지둥 다시 물어보려 했지만 데즈카는 빠르게 대화를 이어나갔다.

"다행이네요. 그럼 나중에 지도 앱 좀 캡쳐해서 보내주세요. 그쪽으로 찾아갈게요. 애들 먹을 것도 좀 챙겨갈게요. 역시 생선이 좋으려나…. 그럼 이따 봬요."

"네? 어…."

전화가 끊겼다. 아키는 어안이 벙벙했다.

겨우 정신을 차린 다음 데즈카에게 들은 대로 현재 위치가 표시된 지도를 캡처해 보낸 다음 다시 땅바닥에 누워버렸다.

'깜짝, 놀랐네….'

아키는 결코 데즈카가 싫은 게 아니었다. 오히려 부엉이 추격전 때는 데즈카가 있어 주어서 몹시 든든했고 덕분에 좋은 결말을 맺을 수 있었다고 생각했다.

아키가 지금 동요하는 이유는 지금껏 살면서 데즈카처럼 가까웠던 사람이 주변에 별로 없었기 때문이었다.

"데즈카, 생선을, 사 오겠대."

아키는 옆에서 뒹구는 수달들에게 말을 건넸다. 수달은 아키의 말을 알아들었는지 행복하다는 듯 눈을 반짝였다.

"진짜 수달이네요…. 그것도 네 마리나…."

한 시간쯤 지나 찾아온 데즈카는 수달을 보고 꽤나 놀라워했다. 그리고 메로와 수달에게 둘러싸인 아키를 보고 못 견디겠다는 듯 웃음을 터뜨렸다.

"저기…."

"죄송해요, 어쩐지 좀 웃겨서. 아키 선생님답달까."

"이상, 한가요. …다들 질겁하는 데는 이골이, 났지만요."

딱히 화가 나거나 토라져서 한 말은 아니었다. 그러나 그 말에 데즈카는 조금 허둥거리며 아키 앞에 앉았다.

"질겁이라뇨. 말했잖아요, 존경한다고."

"어, 아니, 저기…."

"보기 드문 애들을 갑자기 넷이나 돌보게 됐는데 되려 행복해하는 모습이 아키 선생님답다고 생각했을 뿐이에요. 만약 제가 이런 상황이었다면 이렇게 최선을 다하면서 즐기지 못했을 거거든요. 역시 대단하세요."

"그렇, 지는."

데즈카의 이 직설적인 화법에 아키는 몇 번이나 당황하곤 했다.

괴짜 취급을 받은 적은 있어도 칭찬받은 적은 극히 드물었다. 그런 아키에게 데즈카는 아낌없는 칭찬은 물론, 진지하게 존경한다는 말도 서슴지 않았다.

데즈카는 완전히 얼어버린 아키를 보고 다시 웃으며 손에 든 쇼핑 봉투를 펼쳤다.

"작은 정어리를 사 왔어요. 얼마 전에 연구 때문에 수족관에 드나들었는데, 수달이 이만한 정어리를 먹더라고요."

"고맙, 습니다! 줘도, 될까요?"

데즈카가 사 온 정어리는 아주 싱싱해 보였다. 데즈카가 고개를 끄덕이자 아키는 양쪽 손에 정어리를 들고 수달을 불렀다.

그러자 네 마리의 수달들은 기세등등하게 아키와 데즈카 쪽으로 달려와 앞다투어 정어리를 먹어치웠다. 정어리를 다 먹은 수달들은 만족한 듯한 울음소리를 냈다.

"으아, 너무 귀엽잖아요…."

"그렇, 죠? 저도, 이렇게 가까이서 본 적이, 없어서… 놀랐어요."

데즈카는 수달들과 어울리면서도 뭔가 성에 차지 않는 모습이었다. 그러더니 이내 청바지 자락을 걷어붙이고는 강으로 뛰어들었다.

강물이 느리게 흐르는 곳이라곤 해도 무릎까지 오는 깊이였다. 수달과 놀던 데즈카는 순식간에 물에 빠진 생쥐 꼴이 되고 말았다.

아키는 무심코 웃음을 터뜨렸다. 데즈카는 만족에 찬 미소를 지었다.

한 시간이나 지나고서야 마침내 지쳤는지 데즈카는 강가로 올라와 땅바닥에 누웠다.

"괜찮, 아요?"

"확실히 좀 힘드네요. 이렇게 진심으로 물놀이를 한 게 대체 몇 년 만인지."

"수달들, 분명, 좋았을 거예요."

실제로 수달들은 순식간에 데즈카와 친해졌다. 누워 있는 데즈카 옆으로 수달들이 차례차례 모여들었다.

이윽고 완전히 해가 기울어져 저녁이 되었다.

무릎 위에 앉은 메로를 쓰다듬던 데즈카가 문득 입을 열었다.

"아키 선생님, 수달들을 어떻게 하실 생각이세요?"

"어…, 음…."

아키의 눈동자가 흔들렸다.

수달들을 키우던 사람이 데리러 와 주기를 대책 없이 기다리고만 있을 수는 없는 노릇이다.

그렇다면 다른 동물들과 마찬가지로 입양할 곳을 찾아야만 했다.

"좋은 사람이, 데려갈 때까지, …돌봐, 주려고요."

"네 마리나요?"

"네…, 네."

아키는 데즈카가 굳이 확인하는 이유를 잘 알고 있었다. 역시 손이 많이 가는 동물인 데다가, 까딱하면 오랫동안 호텔에서 돌봐야 할 수도 있기 때문이었다.

"…뭔가 기운이 좀 없어 보여요, 아키 선생님."

"네?"

데즈카의 말에 아키는 자기 안의 복잡한 감정을 다시금 깨달았다.

그 감정을 말로 표현하기란 무척 어려웠다. 그러나 똑바로 자신을 쳐다보는 데즈카의 시선에 이끌리듯 아키는 입을 열었다.

"아마, 행복했을 거라고… 생각, 해요."

"얘들이요? 버려졌는데?"

"…네, 그런 생각이, 들어요."

행복했을 거라고 한 이유는 집이 부자라서, 넓은 마당이 있어서가 아니었다. 수달이 보여준 벚나무 풍경은 물론, 아이들에게서 느껴지는 감정이 너무나 맑고 밝아서였다.

"그래서, …그냥, 이유를 알고, 싶다고 해야 하나…. 진짜, 다른 보호자를 찾아줘도 될지, …하는 망설임이… 사라지질 않아요."

"그렇군요."

데즈카는 더듬거리면서도 생각한 바를 말하는 아키에게 조금 놀란 눈치였다.

그러나 이내 미소를 지으며 고개를 크게 끄덕였다.

"그럼 알아보죠."

"네…?"

"왜 수달들이 버려졌는지를요. 같이 알아봐요."

"데즈, 카."

이번에는 아키가 깜짝 놀랐다. 보통 사람이라면 별생각을 다 한다고 일축할 법도 한데, 아주 담백하게 알아보자는 제안을 해주다니.

부엉이 추격전 때와 마찬가지로 차츰 든든한 마음이 차올랐다.

"아키 선생님은 사정을 알고 난 다음에 입양처를 찾고 싶으신 거잖아요? 아주 아키 선생님다운 데다가 이유가 있다면 저도 알고 싶어요. 하지만…, 슬픈 이유일 수도 있다는 거, 아시죠?"

"네, 만약 그렇다면…, 마음 편하게, 착한 주인을, 찾아줄, 거예요."

"알겠어요."

데즈카는 눈을 가늘게 뜨고 웃으며 힘차게 고개를 끄덕였다.

괜스레 심란한 감정에 복받친 아키는 그만 눈을 돌렸다.

"그런데 아무 단서도 없네요. …일단은 병원 근처에서 수달을 기르던 집이 있는지부터 탐문해 보죠."

"저기, 아주, 부잣집이에요. 마당이, 엄청, 넓고…."

커다랗게 눈을 뜬 데즈카의 표정에 아키는 황급히 입을 다물었다. 얼굴에서 핏기가 싹 가셨다.

사람과 소통하는 데 익숙하지 않은 아키는 애당초 대화 중에 분위기를 읽는다거나 무언가를 숨기는 데 몹시 서툴렀다.

저질러버렸다고 후회해봐야 이미 엎질러진 물이었다. 아키는 흔들리는 눈으로 데즈카를 간신히 올려다보았다.

"수, 수달은, 비싸니까요! 아주 많이! 그, 그래서… 부자에 넓은 집이, 아닐까, 하고…!"

누가 봐도 억지였지만 이것 외엔 상황을 타개할 수단이 없었다. 불안해진 아키는 될 대로 되라는 심정으로 데즈카의 반응을 기다렸다.

그러자 잠시 굳어 있던 데즈카가 조용히 숨을 내쉬었다.

"그렇겠죠. …제 생각도 그래요. 네 마리나 키우다니, 분명 대저택이겠죠."

"네…?"

"…동의했는데 눈살 찌푸리기 있어요?"

"아니…! 네, 아니! …저택! 대저택을, 찾아, 봐요!"

"네. 그러죠."

데즈카는 재밌다는 듯 웃었다.

아키는 고개를 치켜드는 불안감을 잠시 접어둔 채, 데즈카의 기적적인 이해력에 안도의 한숨을 내쉬었다.

그리고 두 사람은 돌아갈 채비를 시작했다.

"수달은 저희 학교에서 맡아드릴 수도 있어요. 물론 교섭이나 준비에 며칠 좀 걸리겠지만요. 저희 쪽에서 맡으면 적어도 돌봐줄 사람이 부족하지는 않아요. 수영장도 마련해줄 수 있고요. 괜찮으시면 한번 생각해봐 주세요."

"고마, 워요…. 생각해 볼게요."

병원 앞에서 헤어지기 전, 데즈카는 아키에게 제안을 건넸다.

아마도 바쁜 자신을 배려한 제안이라 여긴 아키는 순순히 고개를 끄덕였다. 그리고 데즈카와 헤어진 후 수달들과 메로를 데리고 사쿠라이 호텔로 들어갔다.

도그 펜스에 들어간 수달들은 두 발로 서서 일제히 아키를 올려다보았다.

"여러모로, 생각, 중이니까…, 걱정하지, 마."

낑낑거리는 쓸쓸한 울음소리에 아키는 그만 펜스 앞에 털썩 앉았다. 이런 일로 입양을 보내도 될까 하는 불안이 들 정도로 수달을 생각하는 아키의 애정은 부쩍 커져 있었다.

아쉬움에 얼굴을 가까이 들이밀자 낑낑거리던 수달이 아키의 눈을 바라보았다. 바로 그때였다.

갑자기 아키의 머릿속에 따스하게 웃는 나이 든 남성의 모습이 흘러들어왔다.

'이, 이건….'

무척 기품 있어 보이는 남자였다. 미소에는 애정이 듬뿍 담겨 있었다.

"설마, 보호자, 님…."

수달은 맞다는 듯 낑낑거리고는 말했다.

"앙."

"응?"

"이름."

"이름…? 네 이름?"

처음으로 자신의 이름을 알려주었다.

"앙…."

이름을 불러주자 기쁜 듯한 울음소리를 냈다. 어쩐지 가슴이 아려왔다.

수달들은 역시 아주 행복했었다. 수달들과 나누는 대화가 그 사실을 차고 넘치게 알려주었다.

이렇게 헤어져 있어도 행복한 마음으로 주인을 떠올리고, 지어준 이름을 자랑스레 말하고 있다. 의심의 여지가 없었다.

그러나 알면 알수록 풀리지 않는 의문도 함께 떠올랐다.

'도대체, 왜….'

조용히 생각에 잠겨 있는데 수달들이 졸졸졸 펜스 주변으로 몰려들더니 걱정스러운 듯 아키를 쳐다보았다.

아키는 정신을 차리고 네 마리의 머리를 순서대로 쓰다듬었다. 그때 문득 어떤 가설이 머릿속에 떠올랐다.

"혹시… 두, 라는 이름을 가진 친구, 있니?"

그 순간, 오른쪽 끝에 있던 아이가 끄우 하고 울었다.

"그럼, 투와랑 꺄트흐도…?"

이번엔 가운데에 있던 두 마리가 낑낑거렸다. 아키는 정답임을 확신했다.

수달들의 이름 유래는 프랑스어로 1에서 4까지의 숫자였다.

아키가 대학교 때 전공했던 제2외국어는 독일어라 프랑스어에 대해선 잘 몰랐다. 그러나 어렸을 때 키웠던 고양이 이름이 마찬가지로 프랑스어 숫자에서 따 온 이름이라 숫자만큼은 알고 있었다.

그때 키웠던 고양이의 이름은 '시스'였다. 프랑스어로 숫자 6을 뜻한다. 하얀 코트에 여섯 개의 검은색 무늬가 있어서 그 당시 할아버지가 지은 이름이다. 프랑스를 지독하게 좋아하는 할아버지는 수의사를 그만둔 후로 프랑스에 거점을 두고 세계 곳곳을 여행 중이다.

사랑했던 고양이와 뜻밖의 공통점을 찾은 아키는 행복해졌다.

그리고 오랫동안 함께 시간을 보낸 결과, 아키는 조금씩 네 마리를 구분할 수 있게 되었다. 몸 크기나 얼굴 생김새의 차이, 울음소리 등등. 이름을 알게 되자 점점 더 확실히 구분되었다.

이름을 부르면 대답하는 수달들의 귀여움에 푹 빠진 아키는 밤이 늦도록 사쿠라이 호텔에서 시간을 보냈다.

"웬일이세요? 아키 선생님이 임시 보호 중인 동물한테 이름을 다 붙여주시고."

"어, 아…. 어쩌다 보니까, 맞췄다고 해야, 하나."

"그렇군요. 선생님은 역시 감이 좋으세요."

월요일 아침, 이름을 부르며 수달들을 보살피는 아키의 모습에 유키는 연신 감탄했다.

수달들이 먼저 이름을 알려줬다고는 죽어도 말할 수 없었다. 그렇다고 맞췄다는 말도 거짓은 아니지 않은가. 아키는 쓴웃음을 지으며 얼버무렸다.

유키는 네 마리를 차례대로 안아주며 작게 한숨을 내쉬었다.

"하지만 이젠 슬슬 입양처를 찾아야 하지 않을까요?"

"아, 응…. 조금만 더, 상황을 좀 본 다음에…."

"상황, 이요?"

"그게, 알아보고 싶은 게, 있어서."

아키는 그저께 데즈카와 나누었던, 아이들이 버려진 이유를 알고 싶다는 이야기를 유키에게 들려주었다.

그 후 입양처를 찾는 과정에서 만약 적당한 곳이 없다면 대학에서 보호해줄 수도 있다는 제안을 받았다는 말도 덧붙였다.

유키라면 '그렇군요.'라며 순순히 받아들일 것이라 철석같이 믿고 한 설명이었다. 그러나 유키의 반응은 뜻밖이었다.

"데즈카 씨랑, 말인가요?"

"…응?"

유키의 표정이 한순간이지만 굳어졌다. 이런 표정을 거의 본 적 없는 아키는 놀라 유키를 올려다보았다.

"아키 선생님의 교우관계가 넓어지는 건 좋은 일이라고 생각하지만, 진짜 믿을 만한 사람이 확실한가요?"

"믿을… 만한…."

"아키 선생님은 자기 색깔이 강한 분인데, 데즈카 씨 앞에서는 완전히 그 사람한테 끌려다니는 듯한 느낌을 받아서 조금 신경이 쓰여요."

여태껏 유키가 자기 의견을 피력한 적은 거의 없었다. 놀란 아키는 굳어버렸다.

굳어버린 아키의 모습을 보고 퍼뜩 정신이 든 유키는 바로 미안하다는 듯 눈을 내리깔았다.

"쓸데없는 말씀을 드렸네요. 그냥 잊어주세요."

유키의 말대로였다. 아키는 데즈카 앞에서 늘 허둥지둥, 끌려다니기 바빴다.

친구가 없는 아키 입장에서는 익숙지 않은 일들이 자꾸 벌어지는 통에 그의 속도에 말려들고 있다는 사실도 부정할 수가 없었다. 그러나….

"유키, …걱정해줘서, 고마워. 저기… 그래도, 나… 조금, …즐겁기도, 해."

유키는 진지한 표정으로 한동안 아키를 바라보았다.

아키는 긴장한 채 유키의 반응을 기다렸다. 이윽고 유키는 아키의 머리 위에 커다란 손을 살포시 얹었다.

"그런가요. 그럼 다행이고요. 대신 곤란한 일이 생기시면 꼭 말씀해 주세요. 저는 예전 원장님께 선생님을 잘 도와달라는 부탁을 받았으니까요."

"으, 응."

부드러워진 유키의 눈매를 본 아키는 안도의 한숨을 쉬었다.

하지만 유키는 다시 진지한 표정을 지으며 아키의 양쪽 어깨를 잡았다.

"한 가지…. 수달들의 입양처를 찾으실 때는 저희 집도 고려 대상에 넣어 주세요. 사실은 제가 입양할 수 있다면 저희 집 수영장을 개조하려고 주말에 시공사랑 상담도 했거든요."

"수영장…! 개, 개조…."

"네, 물가를 좋아하는 저희 집 식구들 때문에 수영장은 이미 있긴 하지만 좁을 수도 있으니까 확장하려고요. 언젠가는 강처럼 물살이 흐르는 물가도 설치하려고 생각 중입니다."

"……."

"데즈카 씨네 대학보다 훨씬 더 나은 생활이 가능하지 않을까 싶어서요."

"그, 그렇…구나. 고, 고, 고마워."

아키는 완전히 감동받고 말았다. 유키의 언동에서는 아키가 생각한 것보다 훨씬 더 수달을 키우고 싶어 죽겠다는 마음이 느껴졌다. 아키 못지않게 동물을 좋아하는 유키는 데즈카가 데려갈 수도 있다는 선택지를 듣자마자 미처 감정을 숨기지 못했을 것이다.

어떤 의미로는 유키의 인간적인 면모를 처음 본 셈이다. 아키는 유키 몰래 작게 미소를 지었다. 그리고 주변에 동물을 좋아하는 사람들이 있어 참 행복하다는 사실을 새삼 절감했다.

그 주 토요일부터 데즈카와 수달의 원래 주인 찾기를 시작했다.

지난주와 마찬가지로 수달이 든 케이지를 들고, 메로 전용 백팩 캐리어를 멘 채 약속 장소인 이노가시라 공원에서 기다리는 아키의 모습을 본 데즈카는 즐겁다는 듯 웃었다.

그리고 말없이 수달 케이지를 대신 들고는 아키에게 태블

릿을 보여주었다.

"대저택이라는 힌트를 토대로, 일단은 지도에서 부지가 넓어 보이는 집들을 체크 해왔어요."

구획과 간단한 주소만 적힌 오기쿠보, 기치죠지, 미타카 근방까지의 지도였다. 몇 군데에 빨간색으로 체크가 되어 있었다.

"상업시설은 싹 다 제외했어요. 표시해 둔 곳은 축척 상 판단했을 때 부지가 백 평 이상은 될 것으로 보이는 큰 사유지뿐이에요."

"굉장하네요. 고마, 워요…."

"생각보다 훨씬 더 많아서 놀랐지 뭐에요."

아닌 게 아니라 데즈카의 지도에는 빨간색 표시가 꽤 많았다.

기치죠지와 미타카는 자연 친화적인 곳이 많아 주거환경이 좋다. 도심보다 땅값은 저렴하면서도 접근성이 좋아 내 집 마련을 계획하는 사람들에게는 인기가 많을 터였다.

상당한 숫자의 빨간색 표시를 보면 조사할 곳이 많을 터였다. 하지만 아키의 결심은 흔들리지 않았다.

이미 데즈카나 유키처럼 수달에게 가장 알맞은 환경을 제안해 주는 사람들도 있다. 하지만 한시라도 빨리 마음속에서 소용돌이치는 궁금증을 해소하고 싶었다.

"그럼 근처부터, 찾아봐요…!"

아키는 씩씩하게 팔을 걷어붙이며 나섰다.

"…그런데, 판단은 어떻게 하나요?"

"네?!"

갑자기 데즈카가 당연한 의문을 제기했다. 대저택을 보아도 그곳이 수달의 원래 주인집인지 아닌지, 보통은 판단할 길이 없다.

그래서 수달을 데려온 셈이었지만, 그대로 설명할 수는 없었다.

"…뭐, 수달들이 반응을 보일 수도 있겠네요."

"마, 마, 맞아요! 주인의 사랑을, 받았, 다면… 분명히, 기억하고, 있을 테니까요!"

"그렇군요. 오케이입니다."

데즈카는 시원시원하게 납득했다. 아키는 안도의 한숨을 내쉬었다.

그렇게 쉽게 넘어갈 문제인가? 약간의 의문이 남긴 했지만, 굳이 파고들 필요도 없는 데다가 자칫하면 제 무덤을 파는 꼴이 되고 만다.

그러는 사이 데즈카는 수달들에게 리드줄을 채워 마치 개를 산책시키듯 땅을 걷게 했다.

"안내해 주면 편할 텐데 말이죠."

"수달들이 알고 있는, 곳까지, 가면… 가능은, 할 것, 같은데…."

"하기야 개체마다 차이는 있지만, 동물에게는 기본적으로 귀소본능이란 게 있으니까요."

그리고 두 사람은 한 곳씩 데즈카가 표시한 장소를 돌아보았다.

하지만 정원에 벚나무가 있는 집은 좀처럼 찾지 못했고, 수달들도 특별히 반응을 보이지 않았다.

오후 두 시. 지도의 빨간 표시는 절반 정도로 줄어들었다. 아키와 데즈카는 발걸음 닿는 대로 들른 공원 벤치에 앉았다. 그때 갑자기 공원을 나선 데즈카가 작은 종이봉투를 들고 돌아왔다.

안에는 최근 텔레비전과 잡지에서도 자주 소개되고 있다는 샌드위치가 들어있었다. 터지는 게 아닐까 싶을 정도로 빽빽하게 끼워진 채소의 알록달록한 단면이 무척이나 예뻤다. 데즈카 말로는 요즘 유행인 샌드위치라고 한다.

데즈카는 아키가 한 수 위로 볼 정도로 강한 동물애를 지니고 있으면서도 그 나이 또래답게 유행에 민감한 면도 있었다. 오로지 동물만 보면서 학창시절을 지낸 아키와는 확연히 달랐다. 아키는 그 두 마리 토끼를 다 잡는 데즈카의 균형 감각에 감탄했다.

"이 근처였던 것 같았는데, 역시 있더라고요. 같이 드시죠."

"아, 고, 고마워요…."

데즈카가 건네준 샌드위치 반쪽에 아키는 당황했다. 태어나 처음 먹는 세련된 음식이었다. 그러나 데즈카의 재촉에 한 입 먹어보니 깜짝 놀랄 만큼 맛있었다. 아키의 눈이 휘둥그레졌다.

"하하. 마음에 드신 모양이네요. 다행이다."

아키는 수차례 고개를 끄덕였다.

휴일 점심나절에 공원 벤치에서 먹는 유행 중인 샌드위치, 눈앞에는 리드줄에 매인 수달들과 재롱부리는 메로.

문득 생각해 보니, 불과 몇 달 전까지만 해도 전혀 몰랐던 아주 행복한 광경이었다.

데즈카는 잘 먹다가 멈춘 아키의 얼굴을 들여다보았다.

"왜 그러세요?"

"…아니, 그, 뭐랄까."

"뭐랄까?"

"행복하구나, 싶어서요."

"……."

갑자기 데즈카의 얼굴이 굳어졌다.

"어, 어? 저, 혹시 또, 뭐 이상한 소리라도…."

"아뇨, 그게 아니고…."

"아니고…?"

"저도 그래요."

데즈카는 전에 없던 무뚝뚝한 어조로 말하고는 모자를 다시 깊이 눌러쓴 채 벤치에서 일어났다.

"아, 조사 재개하실까요?"

아키는 허둥지둥 일어나 수달들을 불러모았다. 상태가 영 이상해 보이던 데즈카도 메로를 어깨에 올리고는 수달들의 케이지를 들었다.

그리고 또 찾아다니기 시작한 지 두 시간.

역시 아무리 그래도 무모한 계획이었나 하는 생각이 들던 그때였다.

"지금, 운 것, 같은데."

"어쩌면 애들이 아는 곳일지도 모르겠네요."

데즈카는 고개를 끄덕이며 리드줄을 살짝 헐겁게 쥐고 수달들이 가는 방향으로 따라갔다. 그러자 수달들은 잠시 주위 냄새를 맡더니 갑자기 힘차게 달리기 시작했다.

"어, 어디, 가니…!"

아키가 뒤를 쫓자 수달들은 일직선으로 달려가더니 길모퉁이에서 방향을 꺾었다. 그리고 그대로 곧장 나아갔다. 이윽고 막다른 곳에 이르자 거대한 문이 모습을 드러냈다. 수달들은 그 앞에서 발을 멈춰 세웠다.

석조 아치에 철제로 된 문짝이 달린 근사한 대문이었다. 좌우로 끝없는 블록담이 이어져 있는 모습으로 미루어 볼 때, 평수가 상당하다는 사실을 쉽게 알 수 있었다.

"여기는… 제가 체크해둔 곳 중에서도 가장 큰 집이었어요."

"수달들, 여길 …아는 것, 같아요."

굳이 말로 하지 않아도 수달들의 반응을 보면 당연했다.

그리고 대문 틈새로 안을 바라본 아키는 확신했다.

잔디가 깔린 정원 한가운데에는 한 그루의 커다란 벚나무가 심어져 있었다.

"이 집이, 틀림없는 것, 같아요…."

반쯤 흥분한 아키는 뒤에 선 데즈카를 올려다보았다. 그러나 데즈카는 조금 복잡한 표정을 지었다.

그 이유는 금방 알 수 있었다.

"데즈…카?"

"선생님. 이 집… 비었어요."

"네?"

아키는 다시 안을 들여다보았다.

그러자 정원 안쪽에는 모든 창문에 셔터가 내려진 커다란 저택이 있었다.

데즈카의 말대로 사람이 사는 기색이 전혀 느껴지지 않았다.

"대체, 왜…."

"모르겠네요. …이웃분들께 여쭤보죠."

"네… 네에에?!"

아키로서는 도저히 떠올릴 수도 없는 대담한 방법이었다.

그러나 데즈카는 주위를 둘러본 후, 주저 없이 반대쪽 집의 인터폰을 눌렀다.

"데, 데즈…."

"아, 실례합니다. 갑작스럽게 죄송해요. 대학교 연구 일환으로 이 근처의 역사를 조사 중인데, 오 분이라도 좋으니 협조를 부탁드릴 수 있을까요?"

잘도 그런 거짓말이 바로바로 튀어나오다니. 아키는 입을 쩍 벌린 채 그 광경을 지켜보았다.

'알겠습니다, 잠시만요.'라는 여자 목소리가 인터폰에서 흘러나오더니 바로 현관문이 열렸다. 그리고 젊은 여자가 얼굴을 내밀었다.

데즈카가 온화한 미소를 짓자 여자도 홀린 듯 미소로 화답했다.

소년 같은 데즈카의 미소에는 다른 사람의 경계를 푸는 신기한 느낌이 있다는 사실을, 직접 겪은 아키는 잘 알고 있었다.

'엄청난, 커뮤니케이션, 능력이다….'

아키는 조금 떨어진 곳에서 지켜보았다. 데즈카는 적당한 질문을 몇 개 정도 던진 다음 본론으로 들어갔다.

"그런데 여기 앞에 있는 큰 집은 비었나요? 이런 대저택은 거의 본 적이 없어서 깜짝 놀랐어요. 이야기를 좀 여쭙고 싶었는데 아무도 안 계신 것 같아서."

"그게, 일흔 살 정도 된 남자분이 혼자 살고 계셨는데…. 돌아가셨나 보더라고요."

아키는 숨을 들이마셨다.

조금 걱정스럽다는 듯 아키를 돌아본 데즈카는 다시 여성에게 고개를 돌렸다.

"그랬군요…."

"그런데 동물을 정말 엄청 많이 키웠나 보더라고요. 그 애들을 어떻게 할 건지에 대해서 꽤나 옥신각신했던 모양이에요."

"동물…."

"네, 개나 고양이라면 또 몰라. 희귀한 동물만 키웠나 봐요. 쉽게 어디 보내기도 힘들잖아요? 그렇다고 버릴 수도 없는 노릇이고. 한동안 가족들이 돌봐주러 드나들더라고요. 그러고 보니 언젠가부터 발길이 끊겼네요. 보낼 만한 데를 찾았나."

"그래요, 그랬군요…."

"좀 무책임하죠. 아무리 동물이 좋아도 그렇지 나이를 생각하면… 좀 그렇잖아요? 뒷일을 생각해야 할 거 아냐."

"그렇죠. …협조해주셔서 고맙습니다."

데즈카는 변함없는 미소로 여자에게 인사를 건네고 대화를 마무리 지었다.

그리고 굳어버린 아키의 팔을 잡아끌었다.

"수명을 생각해서 동물을 키워야 한다는 의견도 일리가 있긴 하지만, 칠십이면 아직은 젊은 편인데 좀 너무하네요. 혼자 사셨다니 더더욱이요. 제 생각엔 주인이 좋아서 버린 게 아닌 것 같아요. 갑자기 돌아가셨을 가능성도 있고요…. 상상일 뿐이지만요."

착한 데즈카는 '무책임하다'는 여자의 말에 아키가 마음을 다쳤다고 생각한 듯했다.

그러나 아키는 그런 생각은 들지 않았다.

"…이 아이들이 그렇게 좋아하던 분이, 돌아가셨군요. …정말 많이 사랑해 주셨는데. 불쌍해서, 어떡해요."

"그게 더 속상하셨군요."

"갑작스러운 이별은, 괴로운, 법이에요. …이 아이들은, 아직도, 할아버지를, 사랑하는데."

굳어 있던 데즈카의 표정이 순간 풀렸다.

그리고 아키의 팔을 붙잡은 손에 힘을 꽉 주었다.

"…아키 선생님. 하지만… 결과적으로 이 아이들이 갈 곳이 없다는 사실은 변함이 없지만… 주인이 버리려고 해서 버린 게 아니라는 건 알았잖아요. 그것만으로도 저는…"

"…네, 네…."

아키의 눈에서 굵은 눈물방울이 떨어졌다.

데즈카는 숨기지도 않고 눈물을 줄줄 흘리는 아키의 얼굴을 소매로 살며시 닦아주었다.

"어린애 같아요, 아키 선생님."

"미안, 해요."

"칭찬인데."

데즈카는 그대로 아키의 머리에 손을 얹고는 부드럽게 미소지었다.

둘은 발길 닿는 대로 걷다가 저택의 뒤쪽에서 겨우 걸음을 멈추었다.

"그보다 정말 큰 집이네요. 저였으면 너무 넓어서 오히려 안절부절…"

무심코 담장 안을 들여다보던 데즈카가 문득 말을 멈췄다.

"데즈카?"

"…아키 선생님. …저, 멋진 걸 발견했어요."

"네…?"

"목말 태워드릴게요."

"네에?!"

갑작스러운 제안에 아키는 깜짝 놀랐다. 그러나 데즈카는 대답도 듣지 않고 아키 앞에서 몸을 숙였다.

데즈카의 목말은 부엉이 추격전 이후 두 번째였다.

아키는 당황하면서도 순순히 데즈카의 어깨에 발을 올렸다.

"대체, 뭐길래…."

"보시면 알아요. 아키 선생님, 분명 기쁘실 걸요?"

데즈카가 천천히 몸을 일으키자 아키는 다급히 담벼락을 붙잡았다. 그리고 안을 들여다본 순간, 눈 앞에 펼쳐진 광경에 아키는 눈을 동그랗게 떴다.

그곳에는 사방 2m 정도 되어 보이는 작은 수영장이 있었다.

옆에는 나무 벤치와 작은 테이블.

그리고 공이나 물뿌리개 등, 어린이들이 가지고 놀 만한 장난감이 썼던 흔적 그대로 방치되어 있었다.

"여기, 는…."

"어린 아이들은 살지 않았을 거예요, 이 집에."

"그럼… 이건, 앙과 친구들의…."

"앙…?"

너무 놀란 나머지 그만 이름을 말해버렸지만, 아키는 그 사실을 눈치채지 못했다.

다만 수달들은 역시 사랑받고 있었다는 확신에 가슴이 벅차올랐다.

“데즈, 카. 이제, 괜찮아요.”

데즈카는 아키를 조심조심 땅에 내려놓았다. 그러고는 아키의 눈을 똑바로 쳐다보았다.

“망설임이 좀 사라지셨나요?”

“네. …다른 주인에게, 보낼 수 있을 것 같아요.”

“그럼 다행이고요.”

“고마, 워요. 데즈카.”

“제가 뭘 했다고.”

“아주… 아주 행복한, 하루…, 였어요.”

“……”

아키는 빙그레 웃으며 발밑의 수달들을 끌어안았다. 어색함 없는 자연스러운 그 미소에 데즈카가 슬쩍 중얼거린 말은 당연히 아키에게 들리지 않았다.

“일단 마음을 많이 빼앗은 거 같네.”

어쨌든 이로써 아키의 마음속에서 휘몰아치던, 수달에 앞날에 대한 망설임은 깨끗이 사라졌다.

집에 돌아갈 무렵, 날은 완전히 저물어 있었다. 그러나 아키는 이상하리만치 피곤하지 않았다. 가벼운 발걸음으로 병원을 향해 걸었다.

"데즈카. …왠지, 데즈카랑 같이 있으면, 뭐든지, 할 수 있을 것만, 같아요."

"그러니까 선생님, 그런 치명적인 대사 좀…."

"치명, 적…."

"…아니에요. …그렇게 말해주시는 것만으로도 참 좋네요."

쓴웃음을 짓는 데즈카를 보며 아키는 고개를 갸우뚱거렸다.

"아키 선생님, 이것 좀 봐주세요. 어제 업자한테 받은 정원 유수풀 설계도인데요. 정원에는 자갈을 깔아서 자연과 최대한 비슷하게 만들어달라고 요청했어요. 물가에 나무를 심으면 그늘도 생기니까 치요랑 다른 애들이 휴식할 수 있는 공간이 될 수도 있겠죠."

"우, 우와…. 대, 대단하다…."

월요일, 유키는 출근하자마자 정원 설계도를 아키에게 내밀고는 드물게 감정을 양껏 드러내며 설명했다.

아키는 그런 유키의 모습에 쩔쩔매면서도 마치 동물원 같은 설계도에 감탄했다.

"어떠세요? 데즈카 씨네 대학보다 낫지 않나요? 물론 제가 없는 동안에도 돌봐줄 사람은 얼마든지 있고, 건강 관리 체계에도 만전을 기해서⋯."

"저, 저기⋯."

이야기가 이대로는 영원히 끝나지 않겠다고 생각한 아키는 간신히 말문을 열었다.

퍼뜩 제정신을 차린 유키는 작게 헛기침을 했다.

"죄송합니다. 그만 열을 올렸네요. 사실 부끄럽지만, 저 수달은 처음 접해봤어요. 그런데 너무 귀여워서 이런저런 망상이 자꾸 커지더라고요."

"하나도 부끄럽지, 않아⋯. 그, ⋯꼭, 유키가, 새로운 보호자가 되어 주었으면, ⋯좋겠어."

"이겼다."

"응?"

"실례했습니다. 정말 영광이에요, 선생님."

"⋯으, 응."

유키가 순간적으로 보여준 표정에 아키는 당황했다. 하지만 수달을 보호해주고 싶다는 강한 의지를 한껏 느낀 아키는 행복해졌다.

"그런데, 딱 하나만⋯. 이름은⋯ 그대로, 불러줄 수 있을까?"

"앙으로 시작하는 프랑스어 숫자였죠? 알겠습니다. 아주 멋진 이름이에요."

"고마, 워."

"그러고 보니 예전 원장님도 동물들한테 프랑스어에서 따온 이름을 곧잘 지어주시곤 했죠."

"응. …고양이, 시스도."

아키는 고개를 끄덕이다가 문득 수달의 머릿속에서 보았던 나이 든 남자를 떠올렸다.

생각해보니 할아버지와 비슷한 또래였다. 이름 짓는 센스도 비슷하고 집도 가깝고, 공통점이 많았다.

어쩌면 안면이 있을지도 모르겠다는 생각이 들었다.

그렇다면 우연이라 해도 사쿠라이 동물병원에 수달을 데려다 놓았다는 점에서 인연마저 느껴졌다.

'만약, 옛 친구였다거나 하면, 멋있겠다.'

아키는 다음에 할아버지가 귀국하면 꼭 여쭤봐야겠다고 생각했다.

"유키 씨가 데려가셨군요. 너무 귀여워서 정이 들어 버렸는데…. 대학에 있기보다는 더 행복할 테니, 잘 됐어요."

그날 진료 시간이 끝난 후 병원에 찾아온 데즈카에게 수달에 대해 알려주자 조금 씁쓸한 듯 그렇게 말했다.

"하지만, 이번 주는 내내, 사쿠라이 호텔에서 지낼 거예요. 그러니까 많이, 예뻐해 주세요."

"그럼요."

둘은 사쿠라이 호텔에 들어갔다. 데즈카는 곧바로 수달이 있는 도그 펜스 옆으로 다가가 차례대로 쓰다듬었다.

“누가 앙이에요?”

“으음, 저기, 제일 몸집이 작은 애요.”

“오, 너구나.”

아키는 그 모습을 흐뭇하게 바라보았다.

문득 데즈카한테 수달 이름을 알려줬던가? 하는 의문이 떠올랐지만 아무렴 어떤가 싶어 흘려버렸다.

“데즈카. 뭔가 꼭, 탐정, 같았어요.”

“탐정요…? 그런 소리 하시면 진짜 탐정한테 혼나요.”

“아니에요. 나한테는, 진짜 그래요. 늘, 원하는 해답을, 잘 끌어내잖아요.”

“하하. 그럼 뭐… 감사히 받아들일게요.”

데즈카는 눈꼬리를 내리고 웃었다.

약간 쑥스러울 때 자주 볼 수 있는 소년 같은 표정이었다.

아키는 그 표정을 넋 놓고 보다가 황급히 눈을 돌렸다.

“데즈카의, 리트리버도… 꼭, 찾자고요.”

“네?”

“사라진, 리트리버요.”

“…감사해요. 참고로 이름은 리쿠예요.”

“리쿠. 귀여운 이름이에요.”

아키의 말에 데즈카는 그리워하듯 눈을 가늘게 떴다.

"…저도 아키 선생님이 계시면 찾을 수 있을 것만 같아요."

말 속에 슬며시 숨겨진 뜻을 눈치 못 챈 아키는 힘차게 고개를 끄덕였다.

"열심히, 해 볼게요."

이리하여 수달 소동은 일단락되었다.

유키의 집으로 간 수달들은 유키의 출근길 짝이 되어 가끔 얼굴을 비추었다. 한술 더 떠 유키는 집에서 어떻게 지내는지 종종 들려주기도 했고, 사진도 자주 공유해 주었다.

"유키가 데려가서, 정말, 다행이야."

"네, 데즈카 씨한테 죄다 빼앗길 수는 없는 노릇이니까요. 슬슬 반격이 필요할 때인 것 같아서."

"죄다…? 반격…?"

"아무것도 아니니까 신경 쓰지 마세요. 아무튼, 아키 선생님이 즐거워 보이시니 지금으로서는 그걸로 됐어요."

유키의 의미심장한 말을 아키는 끝끝내 이해하지 못했다.

다만, 유키의 말마따나, 그저 바쁘게만 보냈던 하루하루가 최근에는 조금 달라지기 시작했음을 느끼고 있었다. 물론 명확한 이유가 뭔지는 아직 깨닫지 못했지만 말이다. 그러나….

'오늘 데즈카가 오면, 수달 사진, 보여줘야지….'

문득문득, 아키는 진료가 끝난 후 데즈카가 놀러 오기를 기다리고 있었다.

그것은 부인할 수 없는 사실이었다.

제4장

벚꽃 문조의 엄마

어느 날 점심 무렵.

오전 진료를 마치고 점심식사와 이런저런 정리까지 끝낸 아키는, 유키가 데려온 왕관앵무새 '가메마로'와 함께 대기실에서 대화를 즐기고 있었다.

대화라고 해도 아키가 가진 특별한 능력을 사용하는 건 아니었다. 그냥 가메마로가 떠드는 소리를 들으며 즐긴다는 표현이 맞겠다.

"마로 님, 우리, 놀아요."

"그러자꾸나."

"뭘, 할까요?"

"연회를 열어라."

"…또 이상한 말을, 배웠네…."

"그러자꾸나, 그러자꾸나."

가메마로는 머리 위로 볼록 튀어나온 깃털을 흔들며 날개를 펼치고는 유키가 가르쳤을 법한, 독특한 말투의 단어를 되풀이했다.

아키는 그런 가메마로와 대화를 나누는 것이 좋았다. 동그랗게 오렌지빛으로 물든 뺨은 앙증맞았고, 살짝 쓰다듬으면 부리를 들이미는 몸짓도 못 견디게 좋았다.

"가메마로, 말이 꽤 많이 늘었죠?"

"으, 응. 좀, 생각도 못 했던 쪽이긴, 하지만…. 아주, 잘 하더라."

"꾸준히 가르친 보람이 있네요."

유키가 이상한 말을 진지하게 가르치는 모습을 상상하자 절로 웃음이 나왔다.

그러자 유키가 부드러운 표정으로 눈을 가늘게 떴다.

"아키 선생님, 요즘 잘 웃으시네요."

"어…? 그, 그런가."

"네. 본인은 모르셨군요? 전보다 더 밝아지신 것 같아요. 다만, 혹시나 그놈 때문인가 싶어서 마음이 편치는 않네요."

"으, 응? 놈…?"

"아무것도 아니에요. 환청입니다."

아키가 동요하든 말든, 유키는 무표정하게 그리 말하고는 가메마로를 아키의 어깨에 앉혔다. 반대쪽 어깨에 올라타 있던 메로는 흥미롭다는 듯 귀를 쫑긋 세웠다.

"역시 메로는 평소 다양한 동물들이랑 어울려서 그런지 전혀 당황하지 않는군요."

"응. 움직이는 건, 신경을 쓰는 것 같긴 한데, 할퀴지는, 않을 거야."

"주인을 닮아서 동물을 좋아하나 보네요."

"주인은… 엄밀히 말하면, 데즈카지만, 데즈카도, 동물을, 좋아하니까."

"정정할게요. …키워준 사람을 닮아서 동물을 좋아하나 보네요."

최근 유키의 낌새가 종종 이상했지만, 아키는 그 이유를 전혀 몰랐다. 여전히 인간의 감정에 대해서는 절망적일 정도로 둔감했다.

이윽고 평화로운 시간은 순식간에 지나갔다. 오후 진료 시간이 임박했을 무렵 갑자기 인터폰이 울렸다.

"이런, 급한 환자일까요?"

유키는 벌떡 일어나 정면 입구로 향했다. 궁금해진 아키가 뒤따라가자 유리문 너머에 한 소년이 서 있었다.

"어라…?"

낯익은 모습이었다.

근처에 사는 초등학교 4학년생인 다쿠토였다. 다쿠토네 집에는 나이 많은 치와와가 있어서 엄마가 정기적으로 진찰을 받으러 데려오곤 했다.

다쿠토도 자주 따라와 마리모와 치요랑 함께 즐거운 시간을 보내곤 했다.

사람을 아주 잘 따르는 성격 때문에 상점가를 걸으면 어른들이 먼저 '다쿠'하고 말을 걸 정도로 동네의 인기쟁이였다.

아키는 바로 문을 열고 그 자리에 쪼그리고 앉아 시선을 맞췄다.

"다쿠…, 무슨, 일이야?"

"모모, 사료…."

"사료, 사러 왔구나. 들어와."

아키는 다쿠토를 안으로 들여보냈다. 밖을 확인해 봤지만 늘 같이 있던 엄마의 모습은 보이지 않았다. 아무래도 혼자 온 듯했다. 불안한 모양인지 항상 웃는 낯의 다쿠토가 괜스레 쓸쓸해 보였다.

다쿠토와 함께 대기실에 들어가자 유키가 이미 사료를 하나 준비하고 있었다.

유키는 가메마로를 손가락에 앉힌 다음 다쿠토 앞에서 무릎을 꿇었다.

"심부름인가요? 기특하기도 해라."

"네."

"그러자꾸나."

가메마로의 말에 다쿠토는 아주 조금이지만 눈빛을 반짝이며 살짝 손을 뻗었다. 가메마로는 다쿠토의 자그마한 손가락에 뺨을 비벼댔다.

"다쿠…, 오늘, 엄마는…?"

"저 혼자 집 보고 있었어요."

"혼자, 집을 봐…?"

"네. …여기, 돈이요."

다쿠토가 손바닥을 폈다. 천 엔짜리 지폐 몇 장과 동전이 쥐어져 있었다.

아키는 손을 내밀어 살짝 온기를 머금은 돈을 받아든 다음, 금액을 확인하고 고개를 끄덕였다.

"고마, 워."

"네. …그럼, 이만, 가볼게요."

"언제든지, 또 와."

"네."

아키는 다쿠토를 배웅한 다음에도 입구에서 한참을 멍하게 서 있었다.

평소와는 다른 다쿠토의 모습이 신경 쓰여서였다.

"많이 기운 없어 보이던데요."

"응. 혼자 집 보는 게, 쓸쓸한가 봐."

혼자 개 사료를 사러 오는 모습을 보니 엄마가 며칠 집을 비우는 모양이다.

자세한 이야기를 듣지 못한 만큼 아키는 더욱 신경이 쓰였다.

"사정은 모르겠지만, 기운 차렸으면 좋겠네요."

"그러, 게."

한번 시작한 생각은 멈출 줄을 몰랐다. 그러나 오후 진료 시간도 코앞에 다가와 있었다.

심기일전한 아키는 의사 가운을 걸친 후 메로를 데리고 사쿠라이 호텔로 들어갔다.

지금 호텔에는 며칠 전 빈집에서 발견된 믹스 강아지 한 마리와 동네 아이들이 최근에 발견한 새끼 고양이 세 마리가 머물고 있었다.

사쿠라이 호텔은 아키의 노력 덕분에 입양처를 빨리 찾는 편이었다. 그러나 새로 임시 보호를 해야 할 동물이 그만큼 금세 늘기도 했다.

아키는 메로를 새끼 고양이들 곁에 내려놓은 다음, 도그 펜스 안에서 꼬리를 흔드는 강아지의 머리를 쓰다듬었다.

"오늘은, 데즈카가, 올, 거야."

"데즈카."

"응. 기다려줘."

강아지가 들어왔다는 이야기를 하자마자 데즈카는 의욕적으로 산책 당번을 자청했다. 강아지는 순식간에 데즈카를 따랐고, 이렇게 가끔 데즈카의 이름을 입에 올렸다. 강아지가 좋아하는 모습만 봐도 데즈카는 나름의 신념을 가지고 산책을 즐기는 듯했다.

"하지만, 데즈카, 무리하고 있진, 않지?"

"데즈카, 즐겁대. 그립대."

"그립다고, 했어? 그렇구나. 리쿠를… 빨리 찾아줘야…."

아키는 문득 데즈카가 말했던 골든 리트리버를 떠올렸다. 산책을 아르바이트로, 게다가 진심으로 즐기면서 해주는 점은 무척이나 고마웠다. 그러나 그리워한다는 말을 듣자 마음이 조금 아팠다.

"아키 선생님, 슬슬 문 시작할게요."

"아, 응…!"

저도 모르게 멍하니 있던 아키는 유키의 부름에 깜짝 놀라 어깨를 움찔했다.

허둥지둥 사쿠라이 호텔에서 나오자, 대기실 준비는 이미 완벽하게 끝나 있었다. 아키는 안도의 한숨을 내쉬었다.

"고마워, 유키."

"별말씀을요. 이게 제 일인데요."

마음에 약간 걸리는 무언가를 남긴 채 오후 진료를 시작했다.

"앗, 다쿠…."

그날 진료가 끝난 후, 우연히 다쿠와 마주쳤다.

데즈카의 권유로 같이 산책에 나섰는데 다쿠토가 이노가시라 공원 벤치에서 할머니로 보이는 나이 든 여성과 함께 앉아 있었다.

"다쿠…? 아는 사이세요?"

"아, 네. 병원에 자주, 오거든요."

"그렇군요…."

데즈카는 다쿠토를 보는 아키의 진지한 모습에 고개를 갸웃거렸다.

시선을 느낀 아키가 작게 고개를 저었다.

"낮에도 왔었어요. 그런데, 기운이 좀, 없더라고요. 조금, 신경이 쓰여서요."

"그렇군요. …지금은 웃는 것 같은데요. 할머니가 키워주시나."

"평소엔 엄마랑 같이 다녀요. 그런데, 집을 비우셨다고, 하더라고요."

"집을 비웠다…. 뭔가 사정이 있나 보네요."

데즈카는 그렇게 말하고는 발밑에서 치대는 강아지를 안아 들었다. 강아지는 꼬리를 떨어져라 흔들며 데즈카의 손을 핥았다.

"그냥, 할머니랑 산책하는 것도 좀 부럽네요. 저희 조부모님은 일찍 돌아가셔서 제가 철이 들었을 무렵엔 이미 안 계셨거든요."

"그, 그랬군요…. 그건… 쓸쓸, 했겠어요…."

"아니, 기억도 안 나니까 그렇게 슬픈 표정 짓지 마세요. 어떤 느낌일까, 가끔 궁금할 뿐이에요. 그보다 선생님은요? 할아버님도 수의사셨다는 이야기는 들었는데, 역시 친하셨나요?"

데즈카의 말에 아키는 문득 해외를 유랑 중인 할아버지를 떠올렸다.

아키에게 할아버지는 무척이나 존경할 만한 대선배이자 유일한 핏줄이었다. 그러나 일반적인 조손 관계와는 조금 달랐다.

"저한테는… 아빠 같은, 느낌이에요. 병원 일로 바쁘신 와중에도, 부모님을 대신해 주셨어요. 그래서, 제가 병원을 이어받았을 때, 앞으로는 자유롭게 지내셨으면 좋겠다고, 생각했어요."

"부모님을 대신하셨다뇨?"

"전, 부모님이, 안 계시거든요."

"네?"

이번에는 데즈카가 슬픈 표정을 지을 차례였다. 아키는 허둥지둥 고개를 가로저었다.

"원래도, 아빠만 있었는데… 아빠도 돌아가셔서…. 아주, 아주 오래전 일이에요. 그러니까, 그런 표정, 짓지 말아요."

"아뇨, …뭔가, 죄송해요."

"미안해요, 사과하게 만들려던 건, 아니었는데."

"아, 아니요! 진짜, 죄송합니다."

어느샌가 서로 사과를 주고받는 모양새가 되자 데즈카는 그 상황이 웃기다는 듯 웃었다. 웃는 얼굴을 본 아키는 겨우 마음을 놓았다.

"하지만, 저한테는 고양이 시스가 있었어요. 시스가, 엄마였죠."

"그렇군요. 고양이가 엄마라니, 그야말로 아키 선생님답네요."

"많이, 혼났지만요."

"혼나요…?"

"…아, 아뇨. 아무것도, 아니에요."

아키는 또 쓸데없는 소리를 할 것 같아 억지로 말을 얼버무렸다. 데즈카는 고개를 갸우뚱거렸다. 그때 품에 안고 있던 강아지가 갑자기 뛰어내리더니 리드줄을 끌어당겼다. 아키는 허둥지둥 그 뒤를 따라갔다.

'강아지야, 고마워….'

아키는 강아지의 기막힌 타이밍에 고마워하며 데즈카를 뒤쫓아갔다.

그 후로도 아키는 종종 밖에서 다쿠토를 목격했다.

하교 중이거나 할머니와 함께 있거나 등등, 여러 모습을 보았지만 늘 약간 쓸쓸해 보였다.

이야기를 잘 들어주고 기운을 북돋아 줄 수 있다면 좋겠지만 일상적인 대화조차 서투른 아키에겐 막막하기만 했다.

그래서 결국은.

"데즈, 카. …저기, 토요일 산책, 같이, 갈래요…?"

아키는 데즈카의 높은 커뮤니케이션 능력에 기대기로 했다.

데즈카라면 자기보다 훨씬 더 다쿠토에게 능숙하게 말을 건네며 자연스럽게 이야기를 끌어낼 수 있으리라 생각했다.

데즈카는 아키가 아무리 사양해도 결국 매주 개를 산책시키러 와 주었다. 그리고 휴진일인 주말이야말로 다쿠토가 혼자 있을 가능성이 더 커 보였다. 하지만 주말까지 불러내자니 역시 망설여졌다.

"당연하죠. …다쿠를 만날 수 있으면 좋겠네요."

"네?"

"아키 선생님, 계속 마음 쓰고 계셨죠?"

데즈카는 이미 아키의 속내를 짐작했던 듯, 놀라는 아키를 보고 웃음을 터뜨렸다. 아키는 데즈카의 이런 빠른 눈치에 늘 놀라는 동시에 도움을 받곤 했다.

그리고 그 주 토요일.

점심시간 이후에 온 데즈카와 함께 아키는 이노가시라 공원으로 향했다. 등에 메로 전용 캐리어 가방을 짊어진 채 산책하는 아키의 모습은 이제 너무도 자연스러웠다.

메로는 데즈카의 목소리를 듣자마자 작은 창문으로 얼굴을 불쑥 내밀었다.

"메로."

"데즈카."

"너 어쩐지 좀 커졌다?"

"응."

메로가 하는 말은 데즈카에게 들리지 않을 터였다. 그런데도 묘하게 대화가 성립되는 모습을 아키는 흐뭇하게 바라보았다.

"그럼, 이노가시라 공원으로, 가죠."

"네. 강아지랑 메로가 갖고 놀 만한 장난감도 몇 개 가져왔으니 천천히 놀면서 다쿠를 기다려 봐요."

"네!"

십여 분 만에 공원에 도착한 아키와 데즈카는 일단 전에 다쿠토를 봤던 벤치에 짐을 내려놓았다.

이노가시라 공원은 아주아주 넓었다. 보트를 탈 수 있는 커다란 연못은 이미 유명했고, 그 외에도 야외무대와 물속 생물관도 있었다. 그리고 야구장, 테니스장 같은 스포츠 시설도 갖추고 있었다.

강아지와 놀기 딱 좋은 잔디 광장도 몇 군데 있었지만 아키 일행이 있는 곳과는 거리가 좀 떨어져 있었다. 어린 다쿠토가 거기까지 혼자 올 가능성은 거의 제로였다.

그런 이유로, 어디까지나 다쿠토와 만나는 게 목적이었던 아키 일행은 기치죠지역 방면에서 가장 가까운 입구 근처를 거점으로 택했다.

"…그렇다고는 해도, 이렇게 넓은 곳에서 목표한 대로 다쿠토와 마주칠 확률은 솔직히 꽤 낮겠는데요. 오고 나서 할 말은 아니긴 하지만요."

"죄송해요…. 제가, 맨날, 충동적이긴, 하죠."

아키도 일이 술술 풀리리라고는 기대하지 않았다. 장소를 이노가시라 공원으로 좁히긴 했지만 여기서 다쿠토를 본 적은 한 번뿐이었다. 안이하기 짝이 없었다.

하지만 다른 방법이 없는 것도 사실이었다.

일부러 집까지 가기도 망설여졌다. 애당초 아키는 반려동물의 주치의일 뿐, 편하게 놀러 갈 만한 사이도 아니다. 데즈카는 면식조차 없다. 그런 짓을 하면 다쿠토의 경계를 살 수 있었다.

결과적으로 다쿠토가 갈 만한 곳에서 그냥 기다려보자는 계획을 세워 지금에 이르렀다.

"아뇨, 불만이 있어서 한 말이 아니라. 저는 뭐 딱히… 괜찮아요, 재밌으니까."

데즈카는 평소와 같은 미소를 지으며 강아지의 리드줄을 조금 길게 조절했다.

아키가 메로를 땅에 내려놓자 이내 둘은 어울리며 놀기 시작했다.

이 평온한 시간을 아키는 아주 좋아했다. 마치 마음이 한결 가벼워지는 듯한, 신기한 편안함이었다.

누군가와 함께 있는 시간에 이렇게 편안한 마음이 들다니, 얼마 전까지의 아키였다면 도저히 생각할 수 없는 일이다.

데즈카는 발밑으로 공을 굴리며 공을 쫓는 강아지와 메로의 리드줄에 다리가 엉키는데도 즐겁다는 듯 웃기만 했다.

"재미, 있네요."

아키가 무의식적으로 내뱉은 말에도 서글서글한 미소로 화

답할 뿐이었다.

그러나, 당연하다면 당연하게도 다쿠토는 나타나지 않았다.

아키 일행은 주위를 산책하며 연못 위 다리도 건너보고 보트도 구경하면서 저녁까지 시간을 보냈다. 해가 지기 시작하자 데즈카가 아쉽다는 듯 한숨을 내쉬었다.

"슬슬 어두워지기도 하고, 오늘은 아무래도 안 오려나 봐요. …뭐, 어쩔 수 없죠."

"그렇, 네요…."

"…내일은 몇 시에 올까요?"

"네?"

갑자기 너무 당연하다는 듯 날아온 질문에 아키는 놀랐다.

그리고 데즈카가 내일도 함께 와 줄 생각임을 깨닫자 가라앉던 기분이 조금씩 올라가기 시작했다.

"내일은 좀 더 일찍 와서 벤치에서 점심 드실래요? 이 근처에 유명한 빵집이 있거든요. 거기서 사 오면 어떨까 싶어서요."

"데즈카, 저기…."

"아, 시간이 좀 안 되시나요?"

"아니요! 괜찮, 아요? 내일도…."

"당연하죠."

데즈카에 즉답에 아키는 당황했다.

이 사람도 절대 한가할 리가 없을 텐데. 머리로는 그렇게 생각하면서도 데즈카와 강아지, 메로와 함께 보내는 평화로운 휴일의 유혹을 이기지 못한 아키는 결국 고개를 끄덕였다.

"고마, 워요. 기쁘네요."

"아니에요. 저도 이렇게 여유로운 주말 좋아요."

약속을 나눈 두 사람은 아쉬움을 남긴 채 공원을 떠났다.

그리고 병원을 향해 나카미치도리 상점가를 걷고 있을 때였다.

"아키."

갑자기 품 안에 있던 메로가 귀를 움찔거렸다.

"응?"

저도 모르게 반응해버린 아키를 데즈카가 이상하다는 듯 쳐다보았다. 아키는 황급히 고개를 흔들며 얼버무린 다음 말없이 메로를 바라보았다.

"다쿠, 토."

'다쿠토…?'

메로의 입에서 그야말로 오늘 하루종일 기다리던 사람의 이름이 나왔다. 놀란 아키가 멈춰 서자, 메로는 훌쩍 땅으로 뛰어 내려가더니 힘껏 달리기 시작했다.

"기, 기다려. 메로!"

메로는 인도를 지나 십여 미터쯤 앞에 있는 나카미치 공원으로 훌쩍 들어갔다.

"일단 따라가죠!"

"네, 네…!"

아키와 데즈카는 황급히 메로를 따라 나카미치 공원에 들어섰다.

그곳에는 분수 앞에 덩그러니 앉은 메로의 뒷모습과 작은 아이의 그림자가 있었다.

그 광경을 본 아키 일행의 눈이 커졌다.

"다, 쿠…?"

그 아이는 다름 아닌 다쿠토였다.

"어… 아키 선생님…."

주변은 어둑어둑했고 공원에는 아무도 없었다. 아이가 덜렁 혼자 있는 광경은 살풍경하기도, 조금 어색하기도 했다.

"안녕? 처음 보네. 다쿠에 대해서는 아키 선생님한테서 많이 들었어."

좀처럼 말을 꺼내지 못하는 아키와 다르게, 데즈카는 다쿠토의 앞에 무릎을 꿇고 앉아 사람 좋은 미소를 지었다.

다쿠토도 데즈카를 경계하는 기색 없이 고개를 작게 끄덕였다. 그리고 발밑에서 비비적거리는 강아지와 메로를 번갈아 가며 쓰다듬었다.

아키는 간신히 침착함을 되찾았다.

"다쿠, 혼자 왔어? 바래다줄 테니까, 같이 가자. 금방, 어두워질 거야."

"…조금만 더 있다가요."

"하지만… 늦게 가면, 혼날 텐데."

"아니에요. 아까 아빠도 할머니도 병원 가셨거든요."

"병원?"

"엄마한테요. 저는 오늘 학원 가는 날이라 집 볼 거구요."

"혹시 엄마, 입원, 중이시니?"

"네."

다쿠토가 고개를 끄덕이는 순간 아키는 그만 동요하고 말았다. 뭔가 사정이 있으리라 짐작하긴 했지만, 입원이라는 가능성은 전혀 생각하지 않았기 때문이다.

그만큼 다쿠토의 엄마는 늘 힘이 넘치고 밝았다.

하지만 잘 생각해 보니 요새는 확실히 그런 모습을 본 적이 없었다.

아무 말도 못 하는 아키 옆에서 데즈카는 다쿠토의 머리를 부드럽게 쓰다듬었다.

"그렇구나…. 쓸쓸하겠네."

"아뇨. 쓸쓸한 거 아니래요. 아빠가."

"응?"

천하의 데즈카도 그 말에는 고개를 갸웃거렸다. 당연히 아키도 다쿠토가 한 말의 의미를 이해하지 못했다.

갑자기 침묵이 흘렀다.

불현듯 다쿠토의 눈동자가 불안한 듯 흔들렸다.

그 눈을 본 순간, 아키는 바로 입을 뗐다.

"…다쿠는, 훌륭하구나."

뭐라도 말하지 않으면 괜히 아이를 불안하게 만들 것 같아서 나오는 대로 한 말이었다. 그렇지만 그 말에 다쿠토는 약간 눈빛을 반짝였다.

"…훌륭해요…?"

"응. 훌륭해. 집을, 열심히 잘, 보고 있잖니."

"네…."

다쿠토는 수줍어하며 아키를 바라보았다.

그렇게 외로워하면서도 훌륭하다는 단 한 마디에 표정이 밝아지는 다쿠토의 모습을 보자, 아키는 마음이 조여들었다.

"하지만, 이제, 집에 가자…. 어두워, 지니까."

다쿠토는 이번엔 작게 고개를 끄덕였다. 그리고 데즈카가 내민 손을 고사리 같은 손으로 맞잡았다. 세 사람은 사쿠라이 동물병원에서 그리 멀지 않은 다쿠토의 집으로 향했다.

집 앞에 도착하자 다쿠토는 두 사람을 향해 손을 흔든 다음, 문을 열고 들어갔다. 집 안은 아직 아무도 돌아오지 않은 듯, 불이 꺼진 상태였다.

"좀, 안타깝네요. 아직 어린 애가 혼자 집을 보다니."

"…네. 어머니가, 괜찮으셔야, 할 텐데요…."

"그러게요…."

아키 일행은 다쿠토의 집에 불이 켜지기를 기다리다가 동물 병원으로 돌아갔다.

그리고 사쿠라이 호텔 문을 열고 강아지를 도그 펜스에 들여보냈다. 데즈카가 의미심장하게 아키를 바라보았다.

"아키 선생님, 내일은 어떡하실래요…?"

"내일요…?"

"공원요. …가는 건가요?"

그 말에 아키는 우뚝 멈춰 섰다.

이노가시라 공원에 간 원래 목적은 우연을 가장해 다쿠토를 만나는 데 있었다. 내일도 계속 계획을 이어갈 예정이었지만 조금 전 목적을 달성해 버렸다.

"으음…."

아키는 잠시 생각에 잠겼다.

'만나긴 했지만, …별로, 많은 얘기를 나누진, 못 했으니까….'

아키의 머릿속에 무의식적으로 내일도 계획을 결행하기 위한 이유가 차례로 떠올랐다.

그러나 모두 너무 억지 같아서 좀처럼 말을 꺼내지 못했다.

그러자 데즈카가 이상하게도 좋아하는 듯한 표정을 지었다.

"중지인 줄 알았는데, 혹시 계속하실 생각이세요?"

"저, 그게…."

"전 가고 싶어요."

그 말에 떠밀리듯 아키는 필요 이상으로 힘차게 데즈카를 올려다보았다.

"저, 저, 가고 싶, 어요…!"

그러자 데즈카는 재밌다는 듯 웃음을 터트렸다.

"잘됐네요. 그럼 아예 처음부터 다쿠를 초대해 볼까요? 집을 본다는 이야기도 들었겠다, 같이 놀자고 할 이유는 이미 충분한 것 같은데요?"

분명 데즈카의 말마따나 다쿠토 본인에게서 직접 혼자 집을 보고 있다는 이야기를 들은 지금이라면 같이 놀자고 해도 부자연스럽지는 않을 터였다. 아키는 힘껏 고개를 끄덕였다.

"좋은 생각, 이에요!"

데즈카는 안도의 한숨을 내쉬었다.

다음날, 아키와 데즈카는 함께 다쿠토를 무사히 데리고 나오는 데 성공했다.

일하러 갈 준비를 하던 다쿠토 아버지와 운 좋게 마주친 덕분에 아키가 모모의 주치의라는 사실도 설명할 수 있었다.

덕분에 아버지는 안심하신 듯했다.

오후 3시부터 시작하는 학원에 늦지 않도록 집에 데려다줄 것을 약속하자, 아버지는 흔쾌히 다쿠토를 내보내 주었다.

그리고 셋은 데즈카가 말했던 가게에서 잔뜩 빵을 산 다음, 강아지와 메로를 데리고 이노가시라 공원으로 향했다.

"으아, 기다려…! 그렇게 잡아끌지 마…!"

다쿠토는 힘이 넘치는 강아지에게 휘둘려 어느샌가 전에 없이 즐거워 보이는 웃음을 터뜨렸다.

이노가시라 공원에 도착해 강아지에게 '손'과 '기다려'를 가르치기도 하고, 함께 공을 쫓기도 했다. 아키 일행 웃음소리가 끊이지 않는 그 광경을 흐뭇하게 지켜보았다.

이윽고 점심시간이 다가오자 데즈카는 벤치에 수많은 종류의 빵을 늘어놓았다. 알록달록한 빵을 본 다쿠토는 눈빛을 반짝이며 좋아했다.

"재미, 있어?"

"네! 너무 재밌어요!"

"그거, 다행이다."

당연히 아키에게도 충만한 시간이었다.

그러나 즐거운 시간일수록 순식간에 지나가기 마련이다. 정신을 차리니 벌써 오후 2시였다. 곧 학원을 가야 할 시간이다.

아키 일행은 아쉬워하며 짐을 정리했다. 바로 그때였다.

"아키 선생님!"

등 뒤에서 갑자기 이름을 부르는 소리에 아키는 허둥지둥 돌아보았다.

그곳에는 서른 살 안팎의 청년이 서 있었다. 아키는 한동안 청년의 얼굴을 물끄러미 바라보다가 한참이 지난 다음에야 겨우 떠올린 듯 말했다.

"아… 벚꽃 문조(참새목 납부리새과의 조류 - 옮긴이 주), 마쓰바라 씨…!"

"…동물부터 먼저 생각해내시다니, 충격적이네요."

"죄, 죄송, 합니다."

그는 사쿠라이 병원에 가끔씩 내원하는 문조에 진심인 청년, 마쓰바라였다.

벚꽃 문조는 사람을 잘 따라 반려동물로 인기가 높다. 날개 색은 검은색이나 회색으로 밋밋하지만, 뺨은 희고 부리는 선명한 분홍빛을 띠고 있다.

마쓰바라는 벚꽃 문조에 푹 빠진 나머지 번식까지 성공시켜 집에서 열 마리 이상을 키우고 있다고 한다. 새끼는 키우는 데 손이 정말 많이 가는데, 회사에 허가까지 받아 데리고 가서 몇 시간 간격으로 먹이를 주고 있다는 말을 불과 얼마 전에 들었다.

남 말할 처지가 아니었지만, 문조에 대한 마쓰바라의 집착은 천하의 아키도 두 손 두 발 다 들 정도였다.

"아니, 엄청 난감한 일이 있어서 고민 중이었는데 아키 선생님 얼굴을 뵙자마자 좋은 생각이 떠올랐지 뭐예요…!"

"네… 네에?"

"부탁드릴게요! 저희 애 좀 맡아주시겠어요? 한 달만요!"

"네에에…?!"

마쓰바라는 그저 쩔쩔매기만 하는 아키를 향해 슬금슬금 다가왔다. 보다 못한 데즈카가 슬그머니 끼어들었다.

"저기, 상관없는 사람이 끼어서 죄송하긴 한데… 이야기를 좀, 순서대로 말씀해 주시면…."

마쓰바라는 그제야 데즈카와 다쿠토의 존재를 깨달은 듯, 황급히 고개를 숙였다.

"죄, 죄송합니다…. 너무 골몰한 나머지, 주변이 하나도 안 보여서…."

"아, 아니에요. 저기, 그런데, 저희 애, 라니…."

데즈카 덕에 겨우 진정한 아키는 재빨리 궁금했던 질문을 던졌다.

그러자 마쓰바라는 얼굴 앞에 손을 짝 모으며 말했다.

"말도 안 되는 부탁인 건 알지만…! 불가피한 이유가 생겨서 한 달 동안은 도저히 새끼를 돌볼 수가 없어져서요…!"

"그렇, 군요. 새끼 문조, 얘기였군요."

"네!"

마쓰바라의 이야기는 이랬다. 최근 태어난 새끼 중 한 마리만 성장이 느리고 몸이 약해 눈을 뗄 수 없는 상태인데, 갑자기 한 달짜리 출장이 들어온 것. 건강한 새끼들은 맡길 데가 있었지만 약한 새끼만큼은 남에게 맡기기가 미안해 고민하던 차였다고 한다. 게다가 출장은 모레부터라고 했다.

사정을 알게 된 아키는 흔쾌히 고개를 끄덕였다.

"괜찮, 아요. 잘, 돌봐, 줄게요."

"고맙습니다! 아키 선생님이 봐 주신다면 안심이죠…! 그럼 내일이라도 바로 데리고 갈게요!"

"기다릴게요."

마쓰바라는 몇 번이나 고개를 숙이며 그 자리를 떠나갔다.

"…아키 선생님은 진짜 무골호인이시네요. 선생님답긴 하지만."

마쓰바라가 떠나자 데즈카는 반쯤은 어이없다는 듯 웃음을 터트렸다.

"문조, 정말, 귀여워요."

아키가 기쁜 듯 대답하자 한동안 조용히 있던 다쿠토가 아키를 올려다보았다.

"저기, 새끼라는 건… 아기예요?"

아무래도 문조의 새끼에게 관심이 동한 모양이다.

"응. 아기, 새."

"아기…."

그 순간, 아주 잠깐이지만 다쿠토의 표정이 흐려졌다. 의미심장한 그 표정에 아키는 고개를 갸웃거렸다.

"아기 새는, 필사적으로 울면서, 먹이를 달라고, 호소해. 엄마가 없으면, 살 수가 없거든."

"흐응, 약하군요. …아기란."

"응?"

아주 작은 목소리였지만 의미심장한 말이었다. 아키는 그 말에 어떤 뜻이 담겨 있는지 몰라 당황스러웠다. 그때였다.

"다쿠도 보여달라고 해. 작고 몽실몽실하고 귀엽거든. 괜찮죠? 아키 선생님."

데즈카의 갑작스러운 제안에 아키는 황급히 고개를 끄덕였다. 다쿠토는 조금 주저하면서도 작게 고개를 숙였다.

"…가요."

"응. 그럼, 내일, 학교 끝나고, 와."

"네."

그리고 세 사람은 이노가시라 공원을 떠났다.

"우와아…."

그 다음날.

다쿠토는 약속대로 학교에서 오는 길에 사쿠라이 동물병원에 들러 인터폰을 눌렀다. 기다리고 있던 아키는 바구니에 든 문조를 보여주었다. 다쿠토는 살짝 놀라며 눈을 크게 떴다.

유키가 다쿠토 옆에 나란히 앉았다.

"아주 작죠? 태어난 지 얼마 안 된 새끼는 전체적으로 회색빛을 띠고 깃털도 드문드문 나 있어요. 야생에서는 어미 새가 새끼들을 위해 먹이를 구하려고 하루에도 몇 번이나 왔다 갔다 한답니다. 엄마는 새끼들이 스스로 날 수 있게 될 때까지 열심히 돌보죠."

"엄마, 힘들겠어요…."

"그렇죠. 하지만 동물은 모두 그런 본능을 가지고 살아간답니다."

다쿠토는 언제나처럼 끝없이 이어지는 유키의 이야기를 묵묵히 듣고 있었다. 유키가 다쿠토의 손바닥에 새끼를 살짝 올려주자, 다쿠토는 양손으로 조심스레 새끼를 감쌌다.

"너무 작아서… 조금만 잘못 움직이면 죽을 것 같아요…."

"분명 보기엔 그렇지만 실제로는 그렇게까지 약하지 않으니 안심해요. 큰 소리로 먹이를 달라고 계속해서 울 수 있는 힘이 있죠. 지금은 그저 먹이를 달라고 우는 게 새끼의 유일한 노력이랍니다."

“울기만 하면 돼요?”

“그렇죠.”

“…뭔가 좀 치사하네요.”

“치사하다고요?”

유키는 놀란 듯, 드물게 눈을 크게 떴다. 아키도 예상치 못한 감상에 그만 말문이 막히고 말았다.

그러나 다음 말을 듣기도 전, 다쿠토 손바닥 위의 새끼가 갑자기 울기 시작했다.

작고 연약한 몸에서 내는 소리라고는 생각할 수 없을 정도로 커다란 울음소리에 다쿠토는 당황했다.

“소리 진짜 크네요….”

“그렇죠. 잘 들리게 울지 않으면 형제들한테 치이니까요.”

“그렇군요…. 먹이는 뭘 먹어요?”

마침 좋은 시점에서 아키가 새끼용 먹이 한 세트를 쟁반에 올려 왔다. 플라스틱 스포이드와 좁쌀이 든 봉투, 그리고 그릇에 미리 옮겨 따뜻한 물로 불린 좁쌀 알갱이가 한 세트다.

“야생에서는, 곤충 등을 먹지만, …시중에선 작은 새 전용, 좁쌀 알갱이를, 팔아요.”

봉투에 담긴 좁쌀을 내밀자 다쿠토는 흥미롭다는 듯 받아 들었다.

“딱딱해 보여요….”

"네. 그래서, 따뜻한 물로, 불려요."

아키는 불린 좁쌀을 으깨며 스포이드에 담아 새끼의 입가로 슬쩍 옮겼다.

그러자 새끼는 더 큰 소리로 울며 스포이드를 입에 한가득 머금었다. 스포이드로 좁쌀을 천천히 밀어넣어주자 새끼는 몸을 크게 흔들며 먹이를 필사적으로 삼켰다.

"굉장하다…!"

다쿠토는 몸을 내민 채 그 광경을 지켜보았다. 조금 전까지 어두웠던 표정이 순간 빛나기 시작했다.

"다쿠가… 해, 볼래?"

그 말에 다쿠토는 고개를 끄덕였다. 그리고 받아든 스포이드를 긴장한 표정으로 새끼의 입가로 가져갔다.

새끼는 다시 크게 울부짖으며 날개를 퍼덕여 균형을 잡고는 목을 필사적으로 길게 뻗어 스포이드를 흡입했다.

"우와, 우와아…."

"이렇게 작아도 필사적으로 살고자 하는 모습이 무척 힘차죠? 참고로 먹이는 보통 세 시간 간격으로 줘야 해요. 그래서 세 마리나 네 마리를 낳은 어미는 하루 종일 날아다녀야 한답니다."

"그렇게나 많이요…?"

"어떤 동물이든 마찬가지예요. 생명을 이어가기 위해 엄마는 죽을 힘을 다해 노력하죠."

"사람도…?"

"그럼요."

다쿠토는 문득 의미심장하게 눈을 내리깔았다.

가끔씩 보여주는 이 쓸쓸한 표정이 마음에 걸렸지만, 불안한 마음을 괜스레 자극하면 안 된다고 생각한 아키는 잠자코 다쿠토가 먹이를 주는 모습을 지켜보았다.

이윽고 새끼의 울음소리는 점점 잦아들었다. 스포이드에 보이는 반응도 조금씩 둔해졌다.

"배가 부른가?"

다쿠토가 손을 멈추자, 유키는 새끼의 목구멍 깃털을 손끝으로 살짝 헤집어 보여주었다.

"이건 위예요. 새끼일 때는 이렇게 밖에서 볼 수가 있답니다."

"헉…! 신기해요!"

새끼의 목 부분에 달린 반투명한 주머니 모양의 위에는 막 먹은 자그마한 좁쌀이 가득 담겨 있었다.

"정확한 명칭은 '먹이 주머니'이고, 위로 가기 전에 음식을 저장해 두는 곳이에요. 조류 외에 곤충이나 조개류도 먹이 주머니가 있답니다. 여기가 텅 비면 다음 식사를 할 시간이 되는 셈이죠."

"쪼끄매서 금방 빌 것 같아요…."

다쿠토는 흥미진진하게 새끼의 먹이 주머니를 바라보았다.

이윽고 새끼가 졸린 듯 눈을 깜빡이자, 소리를 내지 않으려 천천히 몸을 일으켰다.

"저, 갈게요. …또 와도 돼요?"

"응. 언제든지, 보러 와."

아키의 말에 다쿠토는 미소를 지었다.

그 이후로 다쿠토는 종종 사쿠라이 동물병원에 들렀다.

"어, 다쿠."

새끼를 맡은 다음 날의 일이었다.

개 산책을 시키려고 진료가 끝날 시간에 맞춰 병원으로 오던 데즈카가 다쿠토를 발견하고 말을 걸었다.

"먹이 주려고, 자주, 와요."

"오호. 그런데 벌써 여섯 시가 넘었는데 안 가도 돼?"

"네. 아빠는 퇴근길에 엄마한테 들릴 거라 늦는댔어요. 그리고 오늘은 학원에서 돌아오는 길에 아키 선생님네에 갈 거라고 말해뒀으니까 괜찮아요."

"그렇구나…. 쓸쓸하겠다."

데즈카는 복잡한 표정을 지었다. 하지만 다쿠토는 작게 고개를 저었다.

"이제 조금만 있으면 집에 와요, 엄마."

"어? 그래? 잘됐네…."

아키는 그 말에 진심으로 안도했다. 그러나 다쿠토는 더 이상 아무 말도 하지 않은 채 새끼를 물끄러미 바라만 보았다.

아키의 마음속에 여태껏 몇 번이나 느꼈던 불안감이 서서히 퍼져나갔다.

다쿠토는 엄마 이야기를 꺼내면 종종 이렇게 미묘한 반응을 보이곤 했다. 신경이 쓰였지만 아키는 차마 그 부분을 건드리지 못했다.

"…그럼 이제, 쓸쓸하지, 않겠네…?"

때문에, 이 말은 아키치고는 용기를 낸 질문이었다.

다쿠토는 약간 흔들리는 눈으로 아키를 올려다보며 대답했다.

"…그럴까요?"

"응? …."

예상치 못한 대답에 아키는 당황했다.

대체 무슨 뜻인지, 어떤 심정으로 꺼낸 말인지 아키는 전혀 이해할 수가 없었다.

그러자 그때 데즈카가 갑자기 다쿠토의 머리를 부비부비 쓰다듬었다. 그리고 놀라 올려다보는 다쿠토에게 장난기 가득한 미소를 지으며 말했다.

"나 좋은 생각이 났는데. 당분간 다쿠가 새끼의 엄마가 되어주는 건 어때?"

"네?"

갑작스러운 제안에 아키는 깜짝 놀랐다.

"아키 선생님은 바쁘니까, 다쿠가 새끼를 돌봐주면 큰 도움이 될 거야."

"제가요? 이 아이의 엄마가 된다고요?"

"그래. 매일 와서 먹이를 주다 보면 금방 너를 기억하고 엄청 따를걸."

"진짜로요…?"

"당연하지. 동물은 원래 먹이를 주거나 보호해주는 상대를 부모라고 여기는 습성이 있다고."

"해보고 싶어요…!"

다쿠토는 눈을 빛냈다.

"그럼 내일부터 저녁 먹이는 다쿠토가 주는 거다. 그 대신, 잊어버리면 안 돼. 잊어버리면 이 아이는 배를 곯게 되니까."

"네! 잊어버리면 죽잖아요!"

"그렇지. 뭐, 이 아이는 아키 선생님도 보고 있긴 하지만, 야생에서 새끼는 만에 하나 어미가 먹이를 깜빡하고 주지 않으면 죽어버릴 수도 있어."

"그렇겠네요…. 열심히 할게요."

이리하여 다쿠토는 그날부터 매일 학교에서 돌아오는 길에 사쿠라이 동물병원에 들러 새끼의 먹이를 주기로 했다.

다쿠토가 돌아간 후, 아키는 데즈카와 함께 강아지를 산책시키며 궁금했던 점을 물었다.

"저기… 왜, 그런 제안을…?"

"엄마 대신 말인가요?"

"네. 좋은 생각인 것, 같아요. 그런데, 너무 갑작스러워서."

데즈카의 눈동자가 약간 의미심장하게 흔들렸다.

"쓸쓸해 보이기도 했고, 기분전환이 되면 좋겠다 싶어서요…. 낌새가 영 이상하길래."

아키는 크게 고개를 끄덕였다. 데즈카도 이렇게 말하는 걸 보니 역시 자기 기분 탓이 아니었구나 하는 확신이 들었다. 그러나 한편으로 의문 또한 커져갔다.

"저도, 그렇게, 느꼈어요. 역시… 이상하죠. 어머니가 퇴원, 하는데… 쓸쓸하다니, 왜일까요…?"

"본인도 별로 말을 안 하니 마음에 걸리죠. 그런데 아키 선생님. 아닐 수도 있는데, 저 짚이는 게 있긴 해요."

"네…?"

아키는 퍼뜩 고개를 들었다.

눈앞에는 늘 신기하리만큼 사람을 안심시키는 데즈카의 웃는 얼굴이 있었다.

"진짜 그냥 예상이라 아직은 말 못 하지만요. 하지만 만약 정답이라면 먹이 주기는 좋은 자극이 될 것 같아요."

"좋은, 자극… 이요."

아키는 데즈카의 생각을 전혀 짐작할 수 없었다.

하지만 늘 곤란할 때는 힘을 빌려주었고, 우왕좌왕할 때는 팔을 이끌어주는 데즈카를 마음속 깊이 신뢰하고 있었다.

지금도 데즈카의 표정을 보고 있자니 불안은 온데간데없이 달아난 후였다.

"아마도긴 한데요. 저도 다쿠랑 똑같은 경험이 있어요."

"똑같은, 경험이요…?"

"답이 나오면 그때 다 말씀드릴게요."

"네…. 다쿠에 관해서는, 데즈카한테 맡길게요."

데즈카는 기쁜 듯 미소지었다.

아키는 문득 마음이 파르르 떨려오는 것을 느꼈다.

"아키 선생님, 먹이 주러 왔어요."

그 후로 다쿠토는 매일 오후 3시 넘어 새끼에게 먹이를 주러 찾아왔다.

새끼는 금방 다쿠토를 기억했다. 사흘쯤 되던 날부터는 얼굴을 보자마자 날개를 퍼덕이며 지저귀기 시작했다.

처음에는 어쩔 줄 몰라하던 다쿠토였지만, 자기를 의지하는 새끼의 모습이 귀여웠는지 나날이 웃음이 많아졌다.

주말까지 같은 시간에 꼬박꼬박 찾아와 새끼의 배가 빵빵해질 때까지 정성껏 먹이를 먹인 후 내일 또 보자는 인사를 남기고 돌아갔다.

그랬는데.

다쿠토가 새끼를 돌보기 시작한 지 일주일이 지난 일요일, 약간의 이변이 일어났다.

평소처럼 놀러 온 데즈카와 함께 다쿠토를 기다렸지만 그날따라 다쿠토는 좀처럼 오지 않았다.

"늦네, 요…. 무슨 일이, 있나…."

"별일이네요."

강아지를 빗질해주던 데즈카는 미간을 찌푸렸다.

아키의 무릎 위에는 메로가 앉아 있었다. 목덜미를 쓰다듬자 작게 냐옹 소리를 냈다.

"배가, 고프대."

"응?"

갑작스런 메로의 중얼거림에 아키는 깜짝 놀라 되물었다. 그러나 그 순간, 데즈카가 묘한 표정을 지었다. 아키는 다급히 웃으며 얼버무렸다.

"새끼가, 울어."

귀를 기울이자 희미한 울음소리가 들려왔다.

'진짜다…!'

새끼는 치료실에 있는 온도관리 케이스 안에서 돌보고 있었다. 사쿠라이 호텔까지 들릴 정도라면 꽤 큰 소리다. 아키는 허둥지둥 자리에서 일어섰다.

시계를 보니 어느덧 오후 네 시가 지나 있었다. 평소 같았으면 먹이를 진작 다 먹였을 시간이다.

"밥, 주고, 올게요…!"

그러나 그때였다. 데즈카는 치료실로 가려는 아키의 손목을 붙잡았다.

"기다려주세요."

"네…?"

"조금만 더 기다려보죠."

"네? 그렇지만, …울고, 있는데."

"괜찮아요. 동물은 강인해요. 조금만 더 다쿠를 기다려 봐요."

"하지만…."

"약속했잖아요. 이 시간은 그 아이가 엄마예요. 쉽게 책임을 빼앗아선 안 돼요."

그 말은 아키의 마음에 작은 충격을 주었다.

그동안 무엇보다 동물을 우선시하며 살아온 아키에게 여기서 얌전히 다쿠토가 오기만을 기다리겠다는 선택지는 애초부터 머릿속에 존재하지 않았다.

데즈카의 말은 본능에 따라 사는 동물과 인간 사이의 차이점을 여실히 드러내고 있었다.

"…알겠어요. 하지만, 상태만… 보고 올게요."

"죄송해요. 방금 제가 말이 좀, 그랬죠…."

"괜찮, 아요."

어쩐지 그 자리에 더 있기 불편해진 아키는 치료실로 가는 문을 열었다. 안에서는 새끼의 울음소리가 울려 퍼지고 있었다. 날뛰다가 다치기라도 할까 싶어 케이지를 덮어두었던 검은 천을 벗기자 새끼는 날개를 퍼덕이며 더 크게 울었다.

"다쿠토."

"응…?"

"다쿠토, 다쿠토."

새끼가 처음 입에 올린 단어는 다쿠토의 이름이었다. 아키는 깜짝 놀라 데즈카가 듣고 있지 않다는 것을 확인한 다음에야 새끼와 눈을 맞췄다.

"…이름을, 외웠구나."

"다쿠토."

"꼭, 올, 거야."

"다쿠토."

아키는 작게 말한 뒤 새끼의 머리를 손가락 끝으로 살살 쓰다듬었다.

다시 보니 처음 맡았을 때에 비해 털도 많이 늘었고 다리도 제법 튼튼해졌다. 조금 있으면 불린 좁쌀 정도는 직접 쪼아먹을 수 있겠지.

작은 동물들은 순식간에 자립한다. 인간과 비교하면 아주 찰나의 순간이다.

혼자 힘만으로는 살 수 없는 그 짧은 성장 기간을 함께 한다는 것은 아키에겐 특별한 일이었다.

'분명, 다쿠한테도.'

아키는 데즈카의 말을 곱씹었다.

"너는 돌봐주었던 다쿠를 절대, 평생 잊지 않겠지."

무의식적으로 흘린 말에, 어느샌가 치료실 입구에 서 있던 데즈카가 작게 웃었다.

"저도 그렇게 생각해요."

그 미소를 본 순간 느닷없이 아키의 심장이 쿵, 하고 크게 고동쳤다.

"……."

"…아키 선생님?"

"…지금, 왠지."

"왠지?"

"심장이 멎을 뻔, 했어요."

"네?!"

"…말이, 잘못 나왔네요. 미안, 해요."

마치 감정이 폭주한 듯한, 지금까지 한 번도 경험해본 적 없는 감정이었다.

한 가지 알고 있는 사실은 데즈카의 미소가 그 계기라는 것. 지금까지 몇 번 그랬지만, 아키는 데즈카의 웃는 얼굴에 이상하리만큼 마음이 흔들릴 때가 있었다.

그러나 자기 마음속에서 대체 무슨 일이 일어나고 있는지 이해할 수 없었다.

이윽고 이상한 소리를 해버렸다는 후회가 스멀스멀 밀려들기 시작하던 그때였다.

갑자기 데즈카가 큰 소리로 웃었다.

생소한 모습에 아키는 멍하니 데즈카를 쳐다보았다.

"…죄송해요. 아키 선생님한테 상처였을까 싶어 안절부절 못하고 있었는데, 방금 재미있는 말씀을 하셔서."

"재미, 있는, 말이요…?"

다시 심장이 쿵쾅쿵쾅 빠르게 뛰었다. 아키는 황급히 심호흡을 반복했다.

바로 그 순간, 쾅 하는 소리와 함께 사쿠라이 호텔 문이 열렸다.

두 사람이 동시에 시선을 돌린 곳에는 다쿠토가 서 있었다.

그 모습에 안심한 아키와는 달리 다쿠토는 사색이 되어 둘을 향해 후다닥 달려왔다.

"아키 선생님…! 늦어서 죄송해요! 새끼는 괜찮아요?!"

아키의 옷자락을 꽉 쥔 채 올려다보는 그 시선은 진지함 그 자체였다. 아키는 다쿠토의 머리를 다정하게 쓰다듬었다.

"괜찮, 아. 그런데, 배가 많이, 고픈 것, 같아."

아크릴 케이스에서 새끼를 꺼내자 새끼는 다쿠토를 바로 알아보고 더 크게 울기 시작했다.

"다쿠토, 다쿠토."

"미안… 미안해…."

다쿠토는 조심스레 새끼를 받아 들고 몇 번이나 사과했다.

데즈카는 다쿠토에게 사쿠라이 호텔 의자로 오라는 손짓을 보냈다.

"아키 선생님이 준비해주실 테니까 이쪽에서 기다리자."

아키는 바로 물을 끓이고 먹이 준비를 시작했다. 그리고 십여 분쯤 지나 부드러운 좁쌀이 완성되자마자 안절부절못하는 다쿠토에게 바로 건네주었다.

다쿠토는 재빨리 스포이드를 내밀었다. 그러자 새끼는 평소보다 더 필사적으로 먹이를 흡입하더니, 삼키기가 무섭게 울음을 터뜨렸다.

계속해서 먹이를 주던 다쿠토는 새끼가 조금씩 진정하기 시작하자 그제야 안도의 한숨을 내쉬었다.

"다행이다…. 죽으면 어쩌나 했어요."

"죽을 리가 있나. 아키 선생님이 계시는데. …너랑 한 약속이 있으니까 우리가 안 주고 기다렸을 뿐이야."

"네…."

다쿠토는 많이 걱정했는지 계속해서 새끼를 쓰다듬었다.

"역시 아기는 엄마가 없으면 살 수가 없겠지?"

"…네. 아주 잘, 알겠어요."

바로 그때, 다쿠토는 불현듯 지금껏 몇 번이나 보여준 복잡한 표정을 지었다.

그러나 오늘, 데즈카는 말을 멈추지 않았다.

"물론 너도, 나도, 아키 선생님도 누군가의 보호를 받았기 때문에 살아올 수 있었던 거야."

"저도요…?"

"그래. 그렇게 보호받고 자란 덕에 지금은 혼자서 뭐든 할 수 있게 되었으니까…. 그러니까 이번에는 네가 지켜줘야지. 그렇지?"

'이번에는, 이라니….'

아키는 데즈카의 말 속에 무언가 숨은 뜻이 있음을 알아챘다. 그렇지만 아무것도 떠오르지 않아 잠자코 두 사람의 대화를 지켜보았다.

그러자 다쿠토는 의미심장하게 입을 다물었다. 이내 불안해 떨던 다쿠토의 눈동자에 작은 빛이 켜졌다.

"네. …알겠어요. 내가, 지킬 거예요."

데즈카는 만족스러운 미소를 지으며 다쿠토의 머리를 마구 쓰다듬었다. 머리카락이 헝클어져도 계속되는 손길에 마침내 다쿠토는 까르르 웃음을 터뜨렸다.

아키는 혼자 맥락을 따라가지 못한 채 두 사람의 표정을 번갈아 쳐다보았다. 데즈카는 그제서야 핵심을 건드리는 질문을 했다.

"그래서… 언제 태어나니?"

"아직 모르겠어요. 그런데 얼마 안 남았대요."

그 말에 겨우 아키의 머릿속에 한 가지 가능성이 떠올랐다.

"혹시… 다쿠…. 오빠가, 되니…?"

다쿠토가 고개를 끄덕이는 모습을 본 순간 줄곧 품고 있던 불안감이 싹 가시는 느낌을 받았다.

동생이 생긴다는 것은 아이에게도 기쁜 일이다. 그러나 한편으로는 커진 배로 힘들어하는 엄마의 모습과 엄마를 빼앗길지도 모른다는 걱정 등, 수많은 생각들로 복잡한 감정이 든다는 이야기는 아키도 익히 들어 알고 있었다.

게다가 출산 전에 어머니가 오래 입원한다면 뭔가 문제가 있을 수도 있으니, 불안은 계속해서 커지기만 할 것이었다.

다쿠토가 내내 그런 불안을 느끼고 있었다는 생각이 들자,

아키는 가슴이 아려왔다.

“빨리, 집에 오시면, 좋겠다.”

“응. 하지만 나… 엄마를, 아기한테 양보해 줄 거예요.”

“좋은 오빠네.”

“네. 노력해 볼게요.”

티끌 한 점 없는 해맑은 미소였다.

그리고 새끼에게 먹이를 다 준 다쿠토는 완전히 안심한 표정으로 돌아갔다.

“제 예상이 맞았네요.”

“…잘도, 알아, 챘네요. 힌트도, 많지, 않았는데.”

“부끄럽지만, 같은 경험이 있거든요. 저는 네 살 터울의 남동생이 있는데 엄마가 임신 중에 고혈압으로 입원해 계셨어요. 어린 마음에 아직 태어나지도 않은 동생한테 속으로 불평을 쏟아냈죠. 엄마가 힘들어하는 것도, 날 내버려 두는 것도 다 너 때문이라고요. 완전 옛날 일이지만 아직도 잊지 못할 만큼 당시의 저한테는 큰일이었어요.”

“그랬, 군요….”

“무사히 태어나고 나니까 불안감은 감쪽같이 사라졌지만요. 뭐, 스무 살이 넘은 지금도 막 까불어요.”

“사이가, 좋군요.”

“뭐, 그냥저냥요.”

쓴웃음을 지는 데즈카의 얼굴을 본 아키는 흐뭇해졌다. 싱글벙글 웃으며 쳐다보자 데즈카는 조금 쑥스러운 듯 눈을 피했다.

"다음에, 만나보고 싶어요."

"네? …동생을요?"

"네."

"…안 돼요."

"네…? 왜, 왜요?"

"취향이 똑같…이 아니라 왠지 민폐를 끼칠 것 같아서요. 시끄러운 데다가 동물에 관심도 별로 없는 애예요. 아무튼, 절대로 안 돼요."

"…그, 그래요."

아키는 부자연스러울 정도로 수다스러워진 데즈카의 모습에 고개를 갸우뚱거리면서도 마지못해 물러났다. 그러자 데즈카는 마음을 가다듬듯 크게 심호흡을 한 다음, 도그 펜스 안의 강아지 머리를 쓰다듬었다.

"그보다 슬슬 산책하러 가시죠. 오늘은 메로도 데리고 멀리까지 가지 않으실래요?"

"가, 갈래요! 꼭!"

아키는 바로 메로의 이동 가방을 가지러 갔다.

"가뜩이나 강적인데 라이벌까지 늘면 어쩌라고." 그 틈에 데즈카가 흘린 중얼거림은 아키에게 당연히 들리지 않았다.

아키에게 맡긴 지 꼭 한 달째 되던 날, 마쓰바라는 새끼를 찾으러 왔다.

마쓰바라는 새끼와의 헤어짐을 하염없이 아쉬워하는 다쿠토의 머리를 다정하게 쓰다듬었다.

"네가 계속 돌봐줬다며? 고마워. 만약 부모님이 허락하신다면 이 아이를 네게 줄게."

"…네? 진짜요…?"

"문조의 귀여움을 알아주다니, 이 아저씨가 너무 기뻐서 그래."

"여쭤볼게요…!"

결과적으로 새끼는 다쿠토의 집에 입양되었다. 그리고 곧바로 '피이타'라는 이름이 생겼다.

어머니도 무사히 퇴원하셨다. 그때 이후로 아키는 다쿠토가 전력 질주로 귀가하는 모습을 자주 볼 수 있었다.

그리고 약 한 달 뒤, 부리가 완전히 분홍빛으로 물든 피이타와 재회했다.

다쿠토는 어머니 손에 이끌려 모모와 피이타를 데리고 사쿠라이 동물병원을 찾았다.

"다쿠토가 여러모로 폐를 끼친 모양인데, 정말 죄송해요!"

"아, 아니요! 전혀!"

다쿠토의 어머니는 오래 입원했다가 얼마 전 출산한 사람으로 보이지 않을 만큼 건강한 모습이었다. 그 모습에 아키는 오히려 당황했다.

"다쿠, 아기 잘 봐주고 있니?"

"네! 피이타도 잘 돌봐주고 있어요!"

밝아진 다쿠토의 모습에 아키는 마음이 놓였다.

"그건 그렇고 이번 출산은 힘들었지 뭐예요. …아키 선생님, 낳을 거면 역시 빨리 낳는 게 좋아요."

"네…? 낳는다, 뇨?"

"동물도 좋지만 자기 자식은 또 유달리 귀엽답니다? 먼저 애인이라도 사귀어 봐요."

"애, 애… 인! 그, 그게, 그런…."

다쿠토의 어머니는 아키의 반응이 재미있는 듯, 장난 반 진담 반으로 놀려댔다.

그러자 그때 다쿠토가 갑자기 아키를 감싸듯 끼어들었다.

"엄마, 아키 선생님 남자친구 있어."

"뭐…?!"

그러나 예상외의 말에 아키의 머릿속은 새하얘지고 말았다.

"어머, 그래?! 이거 실례되는 소리를 했네. 미안해요! 그나저나 아키 선생님의 남자친구라니, 너무너무 궁금한데요? 어떤 사람이에요?"

"어, 어, 아니…."

"잘생긴 형아야."

"다, 다쿠…!"

"데즈카 형 아니에요? 아키 선생님 남자친구."

"아니…!"

아니라고 부정하고 싶은데 이야기가 자꾸 멋대로 나아간다. 다쿠토 모자는 아키를 실컷 놀리다가 돌아갔다.

굳은 채 움직이지 못하는 아키의 뒤에서 유키가 이상하다는 듯 말을 건넸다.

"아키 선생님, 그런 데 멍하니 서서 뭐 하세요? …어라, 얼굴이 새빨갛네요. 감기 걸리셨어요?"

"아, 아니, 아니니, 아니, 요!"

"…평소보다 두 배는 더 더듬거리시는데."

아키는 유키의 시선을 뿌리치듯 진찰실로 도망쳐 들어갔다.

유키는 그 자리에서 계속 수상쩍다는 듯 고개를 갸웃거렸다.

그날 이후, 당연하게도 아키는 데즈카와 한동안 눈을 마주치지 못했다.

에필로그

✚

아버지를 잃은 지 한 달 정도 지났을 때의 일이다.

일찍이 어머니도 돌아가시고 안 계셨던 아키는 근처에서 수의사로 일하는 할아버지네 집에 가기로 되어 있었다.

할아버지가 당시 '괴짜'라고 불린다는 사실을 아키는 잘 알고 있었다.

이유는 동물에 대한 과한 애정 때문에 주인을 마구 혼내서였다.

이 때문에 여러 차례 문제가 생겼음에도 불구하고, 할아버지를 의지하는 환자는 끊이지 않았다.

괴짜라는 별명보다 수의사로서의 솜씨가 더 뛰어나다는 소문 때문이었다.

그런 할아버지였지만 아키에게는 한없이 따뜻했다. 아버지와 함께한 추억이 있는 집을 떠나고 싶지 않아 혼자 방에 틀어박혀 지내는 아키를 억지로 데려가지 않고 매일 식사를 가져다 주었다.

그러던 어느 날이었다.

"그만 정신 좀 차려."

학교도 가지 않고 방에서 그저 멍하니 있던 아키의 귀에 이상한 목소리가 들렸다.

"어…?"

놀라 주위를 둘러보자 고양이 시스와 눈이 딱 마주쳤다. 아키가 외로울까 싶어 할아버지가 데려다 놓은, 아키와 동갑인 커다란 고양이었다.

"…저기, 지금, 말했니…?"

"빨리 준비해. 밖에 나가게."

"뭐…?"

"빨리."

"으, 응…!"

말도 안 되는 일이 일어나고 있는데도 아직 어렸던 아키는 그저 순순히 받아들였다.

시스의 말에 이끌려 밖으로 나와 오랜만에 본 눈이 부신 햇살을 어른이 된 지금도 똑똑히 기억한다.

그리고 아키는 시스의 뒤를 따라 평소에는 사람이 다니지 않을 좁은 골목과 풀이 무성한 공터를 열심히 지나갔다.

그렇게 도착한 곳은 다름 아닌 사쿠라이 동물병원이었다.

"여긴… 할아버지 병원…."

사쿠라이 호텔 옆 담벼락 위로 훌쩍 올라간 시스는 창문으로 안을 들여다보았다.

"봐봐."

"으, 응."

영차영차 담벼락을 기어오른 아키는 시스와 함께 나란히 안을 들여다보았다. 그러자 완전히 쇠약해진 보호견을 열심히 돌보는 할아버지의 모습이 보였다.

"너희 할아버지는 내 목소리를 들은 적이 없어. …그런데도 늘 원하는 걸 주고, 좋아하는 곳을 쓰다듬어줘."

"그렇구나. 대단, 하다."

"다들 너희 할아버지를 신이라고 불러. …그러니까 아키 너도 여기서 지내면 좋아질 거야."

"어… 하지만…."

"분명히, 나을 거야."

여기는 동물병원이야. 아키는 목구멍까지 나온 말을 삼켰다.

그런 사실보다 자기 주인인 할아버지를 자랑스럽게 이야기하는 시스의 말에 아키는 마음이 마구 떨려왔다.

고개를 끄덕인 아키는 담에서 내려와 병원문을 살며시 열었다.

아키의 모습을 본 할아버지는 손을 멈추고 다정하게 미소 지었다.

"아키구나. 잘 왔다."

"할아, 버지."

"할애비 좀 도와주련?"

"…응."

할아버지 곁으로 간 아키는 문득 창밖을 쳐다보았다. 시스가 만족스럽다는 듯 눈을 가늘게 뜨고 있었다.

아키는 시스에게 고개를 끄덕여주었다.

"아이구야, 시스도 같이 왔니?"

"응. 시스가, 데려와, 줬어."

"그랬구나. 칭찬해 줘야겠구먼."

"할아버지를 보고, 신이라고, 했어."

"…그래. 그거 정말 기쁘구나."

할아버지의 커다란 손이 어루만지는 순간, 차갑게 굳어 있던 아키의 마음에 서서히 따스함이 번졌다.

이날을 계기로 아키의 마음은 나날이 따뜻함을 되찾았다.

모든 것이 동물 중심인 할아버지의 영향을 다분히 받아 버렸음은 부정할 도리가 없었지만 말이다.

"아키 선생님이 수의사를 목표로 삼은 계기는 뭐였어요?"

"계기, 말인가요?"

어느 일요일. 완전히 단골 산책 장소가 된 이노가시라 공원에서 데즈카가 문득 던진 질문에 아키는 옛날 일을 떠올렸다.

강렬하게 남아 있는 기억은 처음으로 시스가 건넸던 말이었다.

"옛날에, 시스한테, 혼나서요."

"…네?"

"정신 좀, 차리라고."

"…시스라면… 고양이였죠…?"

"……."

"아키 선생님…?"

"시, 시스한테, 혼난 것 같은 꾸, 꿈을 꿔꿔꿔, 꿔서요."

"…아하."

여전히 억지로 얼버무리는 아키에게 데즈카는 세상 없을 쓴웃음을 지었다.

그러거나 말거나, 아키는 상황을 무사히 넘겼다는 안도의 한숨을 내쉰 다음 말을 이어갔다.

"저도, 신이라는 말을, 듣고 싶었어요."

"신이요?"

"많은 동물들한테, 신뢰받는… 할아버지, 처럼요."

"그렇구나. …아키 선생님답네요."

데즈카의 따뜻한 미소에 덩달아 아키도 미소를 지었다. 그리고 동물들과 데즈카와 여유롭게 보내는 이 시간이 행복하다는 걸 다시금 느꼈다.

"언젠가, 이런 시간에, 리쿠도 같이 있으면, 좋겠네요."

순간, 무심코 흘러나온 그 말은 마음속 깊은 곳에서 우러나온 진심이었다.

데즈카를 알게 된 지 몇 달 동안 그가 얼마나 동물을 좋아하는지, 그리고 리쿠를 얼마나 사랑했는지를 매일같이 느낀 아키는 자연스레 데즈카와 같은 소망을 품게 되었다.

그러자 그때 데즈카가 가방 안쪽에서 세월의 흔적이 느껴지는 머리띠를 꺼냈다.

"아 참, 이거 리쿠가 목에 두르고 다니던 머리띠예요. 당시에는 여기에 묻은 냄새로 찾을 수 있지 않을까 싶었는데, 지금은 그냥 부적 같은 느낌으로 들고 다니고 있어요."

"냄새, 요…?"

하늘색 천에 옅은 페이즐리 무늬가 귀여운 머리띠였다. 머리띠를 받아든 아키는 무의식적으로 냄새를 확인했다.

"아하하! 아키 선생님, 꼭 멍멍이 같으세요. …냄새는 진작

다 사라진 것 같아요."

"그렇, 겠죠."

제 행동이 부끄러워진 아키는 쓴웃음을 지었다. 바로 그때였다.

갑자기 메로가 아키가 쥔 머리띠로 다가가 킁킁거리며 코를 움직였다.

"이 냄새, 알아."

"뭐…?"

그만 목소리를 높여버린 아키는 다급히 입을 가렸다. 그러나 데즈카는 별다른 반응 없이 메로의 등을 쓰다듬으며 미소를 지었다.

"메로, 혹시 리쿠가 있는 곳을 찾아줄 거야…?" 데즈카가 말했다.

"응. 좋아."

야옹, 하고 우는 메로를 데즈카가 미소 띤 눈으로 쳐다보았다.

"와, 대답했어요. 아키 선생님, 메로가 찾아준대요."

"그, 그러, 게요…."

아키는 동요하면서도 고개를 끄덕였다.

마음속에서는 '이 냄새를 안다'는 메로의 말이 끊임없이 메아리쳤다.

옮긴이 **현승희**

그림쟁이 번역가. 도쿄에서 만화를 전공했다. 일한 번역가이자 외서 기획자, 그리고 웹툰을 종이책으로 편집하는 웹툰 단행본 편집디자이너로 일하고 있다. 옮긴 책으로《오늘, 가족이 되었습니다》,《미드나잇 스완》,《여학교의 별》,《툇마루에서 모든 게 달라졌다》등이 있다.

마음이 들리는 동물병원

초판 2025년 2월 15일 2쇄
저자 타케무라 유키
옮긴이 현승희
편집 나다연 **디자인** 배석현
ISBN 979-11-93324-29-5 03830

출판사 북플라자
주소 서울시 강남구 논현동 118-13 5층
홈페이지 www.bookplaza.co.kr

영화 판권, 오탈자 제보 등 기타 문의사항은 book.plaza@hanmail.net으로 보내주세요.
잘못된 책은 구입하신 서점에서 교환해 드립니다.